AF415286

Siedler

Ein Western-Roman

Richard G. Hole

Far West

ZUSAMMENFASSUNG

Es ist nicht verwunderlich, dass die Geschichte der Menschheit und in diesem Fall Nordamerikas voller heroischer oder blutiger Episoden für den Besitz des Landes ist.

Die kühnen Pioniere, die die Routen des amerikanischen Westens eröffneten, kämpften und starben, um ihn zu ihrem Vorteil zu erobern.

Sie kämpften bis zum Tod gegen die wilden Indianer, weil sie ihnen Hunderte von Hektar weggenommen hatten, die die Roten nicht bebauten, sondern zum Schutz des Wildes hielten, das ihre Hauptnahrung war.

Später, als es den Siegern dieses tragischen Kampfes gelang, sich niederzulassen und das Eigentum zu erhalten, das manchmal mit Blut und mit empfindlichen Verlusten zwischen beiden Seiten erobert wurde …

Siedler ist eine Geschichte aus der Far West-Sammlung, einer Sammlung von Romanen, die im amerikanischen Wilden Westen entwickelt wurden.

SIEDLER

KAPITEL I

SO WURDE ABILENE GEBOREN

Die Erde ist die Mutter der Menschheit, weil sie es ist, die dem Rationalen und Irrationalen die Lebensgrundlage liefert, aber sie ist eine gemeinsame Mutter für alle, obwohl es vorkommt, dass einige ihrer Kinder, egoistischer und ehrgeiziger als andere, tun. sie wollen alles von ihr, sogar auf Kosten des heiligen Teils, der ihren Brüdern entspricht.

Es ist daher nicht verwunderlich, dass die Geschichte der Menschheit und in diesem Fall Nordamerikas voller heroischer oder blutiger Episoden für den Besitz des Landes ist.

Die kühnen Pioniere, die die Routen des amerikanischen Westens eröffneten, kämpften und starben, um ihn zu ihrem Vorteil zu erobern.

Sie kämpften bis zum Tod gegen die wilden Indianer, weil sie ihnen Hunderte von Hektar weggenommen hatten, die die Roten nicht bebauten, sondern zum Schutz des Wildes hielten, das ihre Hauptnahrung war.

Später, als sie in diesem tragischen Kampf siegreich waren, gelang es ihnen, sich niederzulassen und das Eigentum zu bekommen, das manchmal mit Blut und mit empfindlichen Verlusten zwischen beiden Seiten erobert wurde, die Ehrgeizigen, die Selbstsüchtigen, die Starken kamen zurück, um sich zu Banden zu gruppieren, und bestritten sie. diese fruchtbaren Länder, für deren Leistung sie nichts ausgesetzt hatten, um sie zu erobern.

Dies waren die falschen Kinder von Mutter Erde, die alles wollten und versuchten, es denen wegzunehmen, die das Richtige bekommen hatten, und dies verursachte dies in den Ebenen und Prärien, wo die jungfräuliche Erde den Mutigen angeboten wurde, die Tausende reisten von Meilen, um sie in Besitz zu nehmen, wurden unzählige Seiten voller Blut geschrieben, weil derjenige, der sein Leben riskierte, um diese Länder zu erobern, nicht damit einverstanden war, dass andere, egal wie kühn und mächtig sie auch waren, versuchen würden, sie wegzunehmen.

Kansas war einer der fruchtbarsten Staaten an Land, vor allem als Folge des Bürgerkriegs, der, als der Norden sie eroberte, sie dreißig Jahre lang fast ausschließlich hielt. Dieser in drei unterschiedlich hohe Plattformen unterteilte Staat bot vor allem in seinem östlichen Teil alles, was sich der Bauer und Viehzüchter für seine Ohren oder sein Vieh wünschen konnte. Es war das fruchtbarste von allen, da die westliche Ebene fast trocken war, eintönig mit sehr wenigen Bäumen, geschnitten von den Tälern des Arkansas und des Smoky Hille River, in denen viele Fossilien und Überreste von Karawanen gefunden wurden, die von den Stürmen der Eis und Sand während der waghalsigen Märsche der oben genannten Routen.

Dieses Gebiet war nur den Indianern Oregons, Osages und Black Dogs bekannt, bis 1541 der berühmte spanische Entdecker Coronado in Begleitung seiner Truppen auf der Suche nach Gold an einem Ort ankam, der vermutlich zwischen den Städten lag. von Great Bend und Junción City, aktuelle Namen dieser Städte.

Damals, nach den Chroniken einiger mutiger Reisender, die einen Teil des Territoriums bereisten, war es für "den Gürtel der blauen Gräser" bekannt und sein Boden bot vier Arten von unschätzbarem Gras: Der sogenannte "Truthahnfuß", " Bartgras "," Grüne Distel " und " das Gras der Liebe ", Klassen, die es noch gibt, sehr gepflegt von Bauern.

Aber gegen diese Vorzüge des Landes musste man sich auf seine schrecklichen Sandstürme verlassen, die den Mulch in einer Fläche von neun Millionen in einem Atemzug über die Dächer der Getreidespeicher zogen und das Vieh töteten und es wie Federn zogen.

Aber kein Bauer oder Viehzüchter konnte sich beruhigt niederlassen, bis der Krieg vorbei war und die "Union Pacific" eingeweiht wurde. Dieser Frieden wurde durch den Nichtangriffsvertrag mit den Indianern erreicht, und ab diesem Zeitpunkt begann die Kolonisierung dessen, was als "die Kornkammer Amerikas" bezeichnet wird, wirklich.

Es war kurz vor Ausbruch des Bürgerkriegs, als sich eine kompakte Gruppe von "Verzweifelten" in einer Karawane versammelte, die sich auf den Spuren der Santa Fe-Route aufmachte, um territoriale Expansion für ihren Lebenswunsch zu suchen. Überfüllte Staaten boten wenig Möglichkeiten, und das Land an solchen Orten wurde mehr als ausgebreitet und ausgebeutet.

Nur indem man die Zivilisation hinter sich ließ und nach Horizonten suchte, die nicht erforscht, wenn nicht ausgebeutet wurden, konnten sie Grundstücke erhalten, ohne dass ein Eigentümer sie beanspruchen oder Lizenzgebühren verlangen konnte, die ihre Armut nicht bezahlen konnte.

Man musste viel aussetzen, um etwas zu bekommen und sie haben nicht gezögert, es zu entlarven.

Sie ließen den schon fast gefüllten östlichen Teil des Landes hinter sich und betraten das Herz des Staates, und so kamen sie eines Tages an einen Ort, an dem Kräfte und Ressourcen ihren Höhepunkt erreicht zu haben schienen.

Dieser Ort lag im westlichen Teil und wurde später von jemandem auf den seltsamen Namen Abilene getauft.

Es stimmte, dass dies nicht der idealste Teil von Kansas war, aber es hatte einen Vorteil: Der gewählte Ort lag am Flussbett von Smoky Hill und der Vorteil des Wassers machte das ganze Land, das sich entlang seiner Ufer erstreckte, so kuschelig und vielversprechend, wie sie es suchten.

Die Karawane bestand aus etwa achtzig Männern, Frauen und Kindern und wurde von einem tatkräftigen alten Mann angeführt, der zuvor Karawanenfahrer gewesen war und mit den Strecken und dem Gelände teilweise vertraut war.

Alle Siedler kamen aus dem Osten und hatten eine beschwerliche Reise von Hunderten von Kilometern zurücklegen müssen, bis sie sich in dieses Stück Staat eingegraben hatten. Erschöpft, hager, manche nur mit Haut an den Knochen, ließen sie sich ins dichte Gras fallen und schworen sich, nicht mehr den Mut zu haben, weiterzumachen.

Entweder ließen sie sich dort durch dick und dünn nieder und stellten sich den neuen Strapazen, die ihnen bei der Gründung und Erhaltung der Stadt auferlegten, oder sie ließen sich vor der Sonne sterben oder von einem Sandsturm hinweggefegt werden.

Die Prominentesten der Karawane trafen sich in Absprache, das Für und Wider wurde untersucht und mit Mehrheit der Meinungen beschlossen, sich dort niederzulassen.

Der Ort hatte einen Vorteil: den Fluss mit seinem wohltuenden Einfluss auf seine Ernten, aber ohne Kommunikationswege. Die Eisenbahn, die drei oder vier Jahre später den Staat auf ihrem Weg zur Küste durchqueren sollte, sollte etwa zwanzig Meilen zurücklegen, war für das Leben einer Stadt unbedeutend und konnte ihrer Ankunft gut standhalten. Es wäre die Zeit, die sie für notwendig erachteten, damit ihre Grundstücke das Maximum erreichten, und dann könnte es die Eisenbahn nutzen, um ihre Produkte in den Osten und Westen zu schicken.

Und dort blieben sie in Gemeinschaft, nicht ohne zuerst den alten Führer namens Víctor Bird zu bemerken:

„Genossen, es ist uns nicht verborgen, dass wir einige ungeheure Monate der Entbehrung und Qual durchmachen werden, bis unsere zukünftigen Ernten genug liefern, um uns zu ernähren, und ich sage nichts, bis wir davon profitieren können. Dies kann möglich sein, wenn wir uns zugunsten anderer opfern, gemäß den Möglichkeiten jedes Einzelnen.

„In dieser Karawane haben wir Männer und Frauen aus verschiedenen Staaten versammelt; Einige sind besser ausgestattet als andere, kommen mit Proviant und Gegenständen an, die anderen ausgegangen sind oder nicht hatten. Wenn, bis die Zeit gekommen ist, dass jeder für sich selbst sorgen muss, diejenigen, die mehr haben, denen nicht helfen, die weniger haben, werden einige verhungern, während andere gedeihen.

„Und bevor ich an diesem Ort für immer meine Fersen festnagele, muss ich die menschliche und moralische Qualität jedes Einzelnen gründlich kennen.

„Während der beschwerlichen Reise haben wir uns ohne Bedenken oder materielle Vorurteile gegenseitig geholfen. Wenn jemand krank wurde, egal in welchem Zustand, vervielfachten sich die anderen, um sich um ihn zu kümmern, wenn die Gefahr der Indianer aufkam, wir alle haben unser Leben für die Gemeinschaft riskiert, weil wir alle eins waren und wenn es unglückliche Opfer gab , Weil das Leben so ist, wurden die ärmsten oder reichsten Gefallenen auf der offenen Wiese begraben und wir alle fielen auf die Knie, um ein Gebet für ihre Seelen zu beten, denn alle Seelen, die unter uns blieben, waren vor Gott und den Menschen gleich.

„Aber wir haben unser Ziel erreicht und das erhöht die Notwendigkeit, Einstellungen zu bewerten. Wir werden all unseren Mut und alles, was uns noch geblieben ist, brauchen, um unser Leben zu verteidigen, und ich bitte diejenigen, die begabter ankommen als andere, ob sie bereit sind, dass diese Harmonie, die während der Reise zwischen uns herrschte, nicht gebrochen wird und dass jeder Einzelne von uns seinen Beitrag zum Gemeinwohl leistet.

„Das bedeutet nicht, dass derjenige, der am meisten hat, es anmutig demjenigen geben sollte, der am wenigsten hat. Es wäre nicht gerecht, und deshalb wird derjenige, der jemandem gibt, dem es fehlt, den Wert dessen, was er geliehen hat, belegen, so dass er zu gegebener Zeit, wenn der Empfänger dazu in der Lage ist, dazu in der Lage ist wird es ehrlich und, wenn es verlangt, mit den entsprechenden Einnahmen zurückgeben.

„Und da ich zu denen gehöre, die mit gutem Beispiel vorangehen können, weil ich mit dem Glück während meiner Jahre als Karawanenführer etwas Geld verdient habe und ich mich damit für diese letzte Reise selbst versorgt habe, werde ich der Gemeinschaft als Erste zur Verfügung stellen, wie viel habe ich.

„Der Tag, der vorbei ist, wird für mich und für alle enden und wenn wir hungern müssen, werden wir es gleichermaßen durchmachen.

„Aber ich brauche die uneingeschränkte Zustimmung aller. Wenn nicht, endet hier die Karawane. Ich werde nach New Mexico weiterreisen, weil ich die Mittel habe, um dorthin zu gelangen und dass jeder so gut wie möglich zurechtkommen kann.

„So viel muss ich aussetzen, bevor ich mit dem Entladen meiner Waggons beginne und mich dem Bau meines Hauses widme; Lassen Sie andere sprechen, und wenn sie bereit sind, mich nachzuahmen, schwören sie mit der Hand auf diese Bibel, die ich mitbringe, dass sie mich in allem nachahmen werden, weil ich weiß, wie man mit gutem Beispiel vorangeht.

„Jetzt haben Sie das Wort.

Es gab keine Abweichung. Alle schworen feierlich, denen zu helfen, deren Mittel erschöpft waren, indem sie sich verpflichteten, das Geliehene zurückzuzahlen, wenn sie dazu in der Lage waren.

Bird, zufrieden mit der edlen Haltung aller, die die Karawane ausmachten, hielt sie davon ab, zu sagen:

„Aber das ist nicht genug, Genossen. Wir müssen uns für die Zukunft wehren, und ich möchte, dass wir in dieser Hinsicht genauso vereint sein werden, wie es auch in anderen sehr wichtigen Bereichen unbedingt erforderlich ist.

„Wir alle wissen aus bitterer Erfahrung, was menschlicher Ehrgeiz und Egoismus in den Ländern, die wir zurückgelassen haben, bedeuten. Wir alle kennen den Ehrgeiz derer, die nur das Gute suchen, was sich bereits auszahlt, ohne die Bitterkeit erleiden zu müssen, daran zu arbeiten, dass es funktioniert. Sie alle kennen die Plünderung der Viehdiebe, der Verzweifelten und sogar derer, die, weil sie Geld besitzen, zum Nachteil derer, die es besitzen, nach dem suchen, was ihnen bequem ist.

„Wir werden viele Morgen Land begrenzen, wir werden sie zum Blühen bringen, wir werden dies in ein fruchtbares Tal verwandeln, das eines Tages die Gier von jemandem in Versuchung führen kann, und ich möchte zwei Dinge von jedem verlangen.

„Einer, dass es bei der Verteidigung des gemeinsamen Erbes keine Einschränkungen gibt. Wir alle werden das Notwendige aufdecken müssen, als ob wir nur unser eigenes verteidigen würden; und eine andere, dass niemand jemals etwas verkaufen wird, was er jetzt als Eigentum wählt, um zu verhindern, dass störende Elemente in uns eindringen und eines Tages zur Hölle werden, was wie das Paradies aussieht.

„Das bedeutet nicht, dass jemand, der eines Tages müde wird und in Rente gehen möchte, dies nicht kann oder zurücklassen sollte, was ihn so viel Schweiß gekostet hat. Nicht das. Die Idee ist, sie der Community anzubieten, wenn sich diese Gelegenheit bietet, damit sie sie kaufen kann.

„Wenn es niemanden gibt, der die Beschaffung allein übernehmen will, werden sie es unter mehreren tun, und wenn nicht unter allen, aber alles, was wir jetzt einschränken, wird uns gehören, ohne dass Fremde eingreifen.

„Und es spielt keine Rolle, dass mit der Zeit neue Siedler hinzukommen, die sich bei uns niederlassen wollen. Es wird viel Land geben, auf dem sie dies tun können, aber bevor sie einen Pfahl in den Boden rammen, müssen sie den von uns unterzeichneten Vertrag einhalten und wenn sie sich weigern, werden sie gezwungen, eine Meile außerhalb der Stadtgrenzen anzusiedeln. Wir werden keine gefährlichen Keile zulassen, die die enge Harmonie stören, die wir erreichen werden.

„Wenn Sie mit diesem neuen Punkt einverstanden sind, schwören Sie es auch und zu gegebener Zeit wird ein Dokument erstellt, das alle vereinbarten Punkte enthält. Lassen Sie es einen Zeugenbericht geben, auf den man sich seinerzeit berufen kann, wenn jemand versucht, ihn zu übersehen.

„Dieses Dokument wird von denen unterschrieben sein, die später ankommen und bleiben wollen. So wird niemand eines Tages behaupten, dass das Engagement nicht existierte oder beabsichtigt, es nach seinem Geschmack zu verformen.

Sie waren sich alle einig mit dem alten Caravaner. Sie verstanden, dass ihre Vorhersagen ein Schutzschild für alle waren und dass sich dies gegenseitig schützen würde.

Nach dem feierlichen Eid wurde das Gelände untersucht und die Ratsamkeit diskutiert, sich nur an einem Ufer oder an beiden anzusiedeln. Victor gab seine Meinung ab.

„Ich verstehe das bei beiden und daher werden wir dichter und näher beieinander sein. Der Fluss ist, außer in Zeiten von Schwemmland, watbar, aber trotzdem können wir eine Brücke bauen, die uns verbindet. Wenn wir nur ein Ufer besetzen, können sich morgen andere auf dem anderen niederlassen, und wenn sie dies beabsichtigen, werden uns Schwierigkeiten bereiten.

Sein Vorschlag wurde angenommen und er fuhr fort, die Menge an Land zu untersuchen, die jeder je nach der Familie, die ihn begleitete, und den nützlichen Waffen, die er verwenden konnte, um es zu bebauen, benötigte.

Es wurde auch vereinbart, dass die Stadt am südlichsten Ufer agglomeriert werden sollte, da es am besten geschützt ist und die meisten Ernten auf das gegenüberliegende Ufer verteilt werden sollten, mit Ausnahme einiger Grundstücke entlang des Ufers im Teil der Stadt. Dann würden die Standorte jedes Siedlers verlost und die Stadtgrenzen festgelegt.

Es war eine entmutigende zweitägige Aufgabe, aber am Ende dieser kurzen Etappe war alles geplant.

Die Grundstücke wurden gezeichnet. Einige waren näher am Fluss als andere, aber das Land war überall fruchtbar, und wenn nötig wurde die Öffnung von Kanälen untersucht, um Wasser in die Länder zu bringen, die es brauchten.

Mit der Gründung der Stadt wurde es auf die gleiche Weise verteilt. Die Hütten würden einen großen Platz umgeben, der sich in der Mitte öffnen würde und eine gewisse Menge freies Land ließen, um schließlich eine Schule zu gründen, eine kleine Kirche zu bauen und, wenn möglich, einen Stadtrat, der sich um den Zustand und die Sauberkeit der Stadt kümmerte , sowie ein Haus für den Sheriff, wenn die Stadt wuchs und eine Behörde eingesetzt werden musste.

Aber während dies kam, was Zeit in Anspruch nehmen würde, musste jemand eine platonische Autorität übernehmen, um im Falle eines Streits zwischen den Kolonisten einzugreifen. Alles musste gesichert werden, und Victor sicherte es. Es wurde einstimmig beschlossen, ihm diese Vollmacht zu erteilen, aber Bird lehnte dies rundweg ab. Er verlangte, dass noch zwei weitere genannt werden und nur für den Fall, dass diese beiden nicht einverstanden waren, würde er mit seiner Stimme entscheiden, wessen Grund es war.

Nach all dieser Vorarbeit widmeten sich alle fieberhaft dem Bau ihrer Hütten, was für sie das Dringendste war. Später, als sie ihre Familien vor Kälte und Regen geschützt hatten, war es Zeit, das Land zu pflügen.

Und so wurde die neue Stadt gegründet, die eines Tages mit einem an einen Baum genagelten Banner erschien, in dem man das Patronym lesen konnte, mit dem sie bekannt sein sollte. Im Laufe der Zeit kamen neue Siedler hinzu, die, als sie die Ebene überquerten und diese neue, blühende, ruhige Stadt entdeckten, sich ihr anschließen wollten und sich nach Annahme der auferlegten Bedingungen ohne Unannehmlichkeiten niederließen.

Bis eines Tages, zwanzig Meilen von dort entfernt, die Schienen der großen Eisenbahn, die die Nation von Ost nach West vereinen und sie in eine der hässlichsten Gegenden des ganzen Staates verwandeln sollte, sich im Land zu versenken begannen.

Aber mit der Eisenbahn musste die Bedrohung kommen, die den Frieden und die Ruhe der Bewohner brechen würde. Dieses Gebiet, obwohl es das ärmste des Bundesstaates war, war wünschenswert, denn der Zug würde viele Probleme lösen und mit ihm wäre die Expansion von Landwirtschaft und Viehzucht unwiderstehlich geworden.

KAPITEL II

ZWEI ALTE BEGLEITER

Das Leben der Stadt konnte zwei Jahre nach ihrer Gründung gefestigt werden, nicht ohne dass ihre Bewohner unzählige Not und Entbehrungen erleiden mussten, aber es war Solidarität zwischen ihnen geherrscht und sie schafften es, sich gegenseitig zu helfen, aus dem Stau zu kommen.

Bis dahin diente der aus dem Boden gewonnene Nutzen nur dazu, von den ersten Ernten leben zu können, doch war es ihnen noch nicht möglich, durch den Verkauf des Überschusses einen größeren Gewinn zu erzielen. Es war ein langer Weg, bis sie einen kleinen Markt organisieren konnten, auf dem sie ihre Produkte verkaufen und etwas Geld für Dinge erhalten konnten, die sehr notwendig waren, um die abgenutzten zu ersetzen.

Victor, als Mann der Prärie, sorgte sich um dieses dringende Problem und zwang sich, zwei sehr wichtige Dinge zu tun: Erstens, das begrenzte Land zu registrieren, um es vor möglichen Trümmern zu schützen; eine andere bestand darin, Dörfer zu besuchen, die relativ nahe beieinander lagen, um Gegenstände zu verkaufen oder auszutauschen, die den Siedlern gerade das Nötigste geliefert hatten.

Die Suche sollte in Hutchinson durchgeführt werden, der nächstgelegenen Stadt von Bedeutung, in der sich das Register in dieser Gegend befand, und dies erforderte eine Hundert-Meilen-Reise.

Das andere, was nach den Kriterien des ehemaligen Karawaneners auferlegt wurde, war ehrgeiziger, aber er hatte eine gewisse Vision für die Zukunft und machte sie den Siedlern bekannt.

Als Siedlungsplatz wurde eine Art kleine Wiese oder ein kleines Tal gewählt, das zwischen zwei hohen Bodensenkungen eingesunken war.

Das Dorf war im Schutz der östlichen Senke gebaut worden, die den Wind abgeschnitten und sie teilweise vor Sandstürmen schützte, wenn sie in Richtung der westlichen Senke weitergingen, aber sie endeten mitten in dem kleinen Tal. Der Rest war blaues Gras, in dem das Vieh, das vor so vielen Wechselfällen gerettet worden war, ernährt wurde und leicht üppig mästete.

So präsentierten sich auch die Jungen, die von Lämmern und Ziegen und sogar einigen Rindern geboren wurden, prächtig. Wenn sie die Möglichkeit hätten, mehr Vieh zu erwerben, wäre es für sie leicht, sich in kurzer Zeit eine wertvolle Herde zu verschaffen.

Dies hatte der ehemalige Karawanenfahrer im Voraus gesehen und aus diesem Grund versammelte er die Siedler, als er beschlossen hatte, den Marsch nach Hutchinson allein zu unternehmen, und sagte:

„Ich habe mir überlegt, dass alles, was wir bisher besetzt und in Arbeit genommen haben, aufgezeichnet wird.

„Es ist wahr, dass es uns bisher nicht nützt, außer die wenigen Rinder zu durchsuchen, die vor der Schlachtung gerettet wurden, aber niemand kann voraussehen, was morgen passieren wird, wenn wir weiter prosperieren und die Eisenbahn uns hilft, Probleme zu lösen, die bei in dem Moment, in dem sie unsere Handlungsmöglichkeiten überschreiten.

„Dieses hässliche Stück Gras kann uns in zweierlei Hinsicht sehr nützlich sein. Zum einen, um weitere Grundstücke zum Wohle aller verkaufen zu können, wenn andere Auswanderer ankommen und den Wunsch verspüren, sich hier niederzulassen. Wenn wir das Schlimmste durchgemacht und ertragen haben und diejenigen, die kommen, viele Schwierigkeiten gelöst finden, ist es gerecht, dass sie nicht die gleichen Privilegien genießen und in Geld beitragen, was ihnen von Arbeit und Ermüdung erspart blieb. Es würde uns helfen, Vieh oder Dinge von allgemeinem Nutzen zu erwerben, und es würde den Wert unserer Feldfrüchte nicht mindern.

Aber es gibt noch mehr. Ich habe Meinungen gehört, Projekte für die Zukunft; Hier gibt es diejenigen, die vor ihrer Zeit als Kolonist Cowboy waren und davon träumten, eine kleine Ranch aufzuziehen und Rinder zu züchten, die einen guten Gewinn erzielen.

„Ich weiß, dass auf dem Weg dorthin Märkte geöffnet wurden, um alle Rinder aus Texas aufzunehmen, und dass sich alles, was ankommt, aufgrund des Fleischmangels, den der Krieg produziert hat, sehr gut verkauft. Wenn wir Rinder züchten könnten, würden wir diese Knappheitssträhne ausnutzen und sie gewinnbringender verkaufen als die Viehzüchter aus Texas.

„Aber dafür ist es notwendig, Weiden zu sichern, und wir haben Weiden. Natürlich konnten wir hier keine Ranch im großen Stil errichten, aber eine im Einklang mit den Möglichkeiten, die dieses ungenutzte Stück Land bietet.

„Und es ist meine Idee, dass wir es auch als Eigentum der Gemeinde registrieren und, wenn uns das Glück ein bisschen mehr hilft, Vieh anschaffen, die Ranch bauen und nicht nur die Landwirtschaft, sondern auch die Viehzucht ausbeuten.

„Es ist ein ehrgeiziger Traum und vielleicht nicht kurzfristig, vielleicht sehe ich, der schon alt ist, ihn nicht vollständig verwirklicht, aber wenn ich sterben würde, bevor ich ihn erreicht habe, würde ich die Welt zufrieden verlassen, dass ich dazu beigetragen habe, die Wohlergehen einer Handvoll Familien. in jeder Hinsicht wert, geholfen zu werden.

„Das ist meine Idee, ihr studiert sie, während ich den Wagen herstelle, um nach Hutchinson zu fahren, um die Registrierung im Namen aller zu überprüfen. Was Sie zustimmen, wird getan.

Einer der Siedler legte Einspruch ein:

„Glaubst du, das ist einfach? Die Registrierung der Parzellen jedes einzelnen ist nicht kompliziert, da ein Plan des Ortes erstellt wurde, mit dem Land, das jeder Kolonist bewohnt, und unseren Namen, aber ... wie würden wir die Prärie in dem, was noch nicht erschlossen ist, registrieren? Damit der Staat uns das Privileg einräumt, uns als Eigentümer von unbebautem Land zu betrachten, bedarf es der Ausbeutung durch denjenigen, der die Registrierung beantragt, und wir können nachweisen, dass wir alle das begrenzte Land ausbeuten, aber die Prärie ... keiner von uns nutzt es aus und im Namen dessen, wer diese Aufzeichnung überprüfen würde?

„Nun, im Namen der ganzen Stadt. Es wäre ein gemeinschaftliches Eigentum und in Bezug auf die Nutzung können wir zeigen, dass wir unser Vieh darin haben und dass wir beabsichtigen, eine Ranch zu bauen und mehr Rosen zu erwerben. Ich denke, es gibt keine Schwierigkeiten, es zu bekommen, und das aus einem bestimmten Grund. Was die Regierung will, ist, dass der Reichtum des Bodens wächst, dass die Mutter Erde jeden Tag mehr produziert und wenn sie dieses Land im Austausch für höhere Produktivität abgeben muss, ist es ihr egal, wem sie gegeben wird, sondern das Produkt, das gegeben ist. leitet sich daraus ab. Wir wollen nicht, dass es so weitergeht wie bisher, sondern es für alle nutzbar machen.

„Wenn du denkst, dass das machbar ist, gibt es nichts mehr zu besprechen. Ich habe mich darauf beschränkt, auf einen möglichen Fehler hinzuweisen, aber wenn er nicht existiert, fahren Sie fort.

"Dort drüben. Mit dem Stadtplan und den bewirtschafteten Grundstücken sowie den Namen aller Eigentümer stellen wir eine von ihnen unterschriebene Urkunde aus, in der um die Gesamtvergabe des Wiesenstücks gebeten wird, ein Grundstück zu errichten Ranch zu bauen und das Vieh, das wir besitzen, noch mehr zu vermehren. Ich bin sicher, es wird keinen Widerstand dagegen geben.

„In diesem Fall werden wir es unterschreiben und Sie werden es uns hoffentlich gewähren!

Victor streckte das Dokument aus, legte es zur Unterschrift und mit ihm den Gesamtplan der Wiese sowie die Lage der Stadt, die er zum Aufbruch bereit machte. Zuvor erklärte er:

„Wenn jetzt jemand Geld hat und nichts dagegen hat, es zu benutzen, kann er es mir anvertrauen und ich werde die Reise nutzen, um Dinge zu besorgen, von denen ich weiß, dass sie für uns alle notwendig sind. Wir werden viele Probleme lindern, die uns jetzt behindern. Wer etwas braucht, gib mir eine Liste.

Als es an der Zeit war, die Reise anzutreten, hatte Victor seine Taschen voller Notizen, die er später einstecken musste, um herauszufinden, was er in der Stadt kaufen musste.

Niemand hegte den leisesten Verdacht, dass er sein Versprechen nicht einhielt. Erstens, weil er viele Kameradschafts- und Interessebeweise erbracht hatte, und zweitens, weil er seine Felder verlassen ließ, allerdings mit dem Versprechen, dass sich jeder während seiner Abwesenheit um sie kümmern würde.

Victor machte eine schmerzhafte fünftägige Reise, um das Dorf zu erreichen, aber ein hartgesottener Mann auf diesen anstrengenden Routen, er widerstand ihnen gut, obwohl er kein Kind war, und betrat Hutchinson am fünften Tag mitten am Nachmittag. Da es nicht an der Zeit war, sich anzumelden, da es nur morgens funktionierte, suchte er nach einem Gasthaus, in dem er diese Nacht schlafen konnte, um am nächsten Tag die entsprechenden Operationen zu überprüfen, die die Angelegenheit gelöst ließen, und seine Begleiter der Müdigkeit, sicher, dass niemand würde ihr Land bestreiten können. beschäftigt.

Als er, nachdem er den Karren im Gasthaus verlassen hatte, auf die Straße ging, fühlte er sich fremd gegenüber allem um ihn herum.

Zwei lange Jahre in dieser verlassenen Wiese, in denen er wie ein Galeerensklave arbeitete und wie die anderen Mühsal durchmachte, hatten Abilenes Stempel so tief auf seiner Netzhaut hinterlassen, dass er sich nicht auf den Gedanken bringen konnte, etwas so Gegensätzliches als was zu betrachten er stand vor ihm. umgeben.

Die Geschäfte, die Straßen voller Menschen, die Fahrzeuge, die zirkulierten, alles, was Dynamik und Fortschritt bedeutete, trafen dort in krassem Gegensatz aufeinander und sie wusste nicht, ob sie es bedauern sollte, nicht endgültig in dieser Umgebung zu sein, oder sich stärker danach sehnen sollte, was war geschehen. ließ ihn Tage zuvor zurück.

Und die Vision der kleinen Stadt, die ihn umgab, war in seinem Kopf stärker.

Das war wie ein Stück seiner Seele, etwas, das aus seinen Bemühungen mit ihm von anderen geboren worden war; da war nichts Frivoles oder Künstliches; Da war alles intensive Arbeit, Unbehagen, Schweiß, Müdigkeit und Entbehrung mit Blick auf eine vielversprechendere Zukunft, aber da war die einladende Mutter Erde, die ein solches Geschenk verdient hatte und das so tief in die Seele des ehemaligen Karawaneners eingedrungen war, dass er nicht, ich hätte mich umsonst geändert.

Zwar fehlten ihm viele notwendige Dinge, die dort existierten und niemand schien ihnen große Bedeutung beizumessen, aber mit der Zeit würden sie sie auch in Abilene haben und sie würden sie niemandem schulden, weil sie sie mit dem geschaffen hätten Anstrengung ihrer Muskeln und Schweiß auf der Stirn.

Vielleicht war diese Zuneigung zu Mutter Erde das Produkt so vieler Jahre des Durchquerens der Wege in immerwährendem Kontakt mit der Natur, und dies hatte ihn dazu gebracht, sich mit ihr zu identifizieren und sie zu lieben, obwohl sie nicht immer freundlich und verschwenderisch mit den Menschen umging. .

Er, der so viele verschiedene Landschaften durchquert hatte, wusste, dass es gute und schlechte Länder gab, dass einige den Ohren Hitze und Wasser spendeten und andere Frost und Hagel, um sie zu versengen; dass an manchen Stellen die Sonne Blumen auf die Felder legte und an anderen Schneestürme und Eis, die die Körper bei der geringsten Schwäche erfassten, aber im Endeffekt war die Mutter Erde das: die Mutter der Menschheit, weil sie dazu beitrug ihre Unterstützung und alles bestand darin, zu wissen, wie man sich auswählt und wie man damit umgeht.

Er ging benommen die Hauptstraße entlang, als eine schwere und raue Hand auf seiner Schulter ruhte und eine ihm vertraute Stimme ausrief:

Höllenglocken, Vogel ...! Bist du in diesen Ländern?

Victor drehte sich um, um denjenigen zu erkennen, der ihn so begrüßt hatte. Es stellte sich heraus, dass es sich um einen Karawanenfahrer handelte, der mehrere Routen mit ihm bereist hatte, bevor er die Karawanen verließ. Es war ein Typ, der bereits über fünfunddreißig Jahre alt war. Er war groß, stark, mit einem entschlossenen Ausdruck, einem sehr gebräunten Gesicht und einer für den Geschmack von Frauen ziemlich akzeptablen Figur.

Er trug ein kariertes Hemd, eine Wildlederweste, eine Jeanshose und halbhohe Stiefel, die an den Absätzen von langen geschnittenen Sporen gekrönt waren. Sein Hut war ein Cowboy, sehr groß mit einer Krone, breiter Krempe und mit zwei eingebildeten Dellen vorne auf der Krone.

Victor erinnerte sich an ihn als einen zähen und widerstandsfähigen Bauern, er hatte die Unebenheiten der Straße immer gut ertragen, obwohl er immer ein etwas seltsamer Mann gewesen war, sehr empfindlich darauf, sich aus manchmal unwichtigen Gründen in Kämpfe zu verwickeln und zu kämpfen.

Victor antwortete lächelnd:

„Hallo Adam. Ich habe auch nicht damit gerechnet, dir in diesen Breitengraden zu begegnen.

„Tatsächlich scheinen Städte wie diese, zumindest bis vor kurzem, nicht die am meisten frequentierten Orte für uns zu sein, aber das Rad des Lebens dreht sich viele Male und bringt uns manchmal dorthin, wo wir uns am wenigsten vorstellen könnten.

„Aber Sie, der Sie immer ein alter Wolf der Routen waren, scheinen sie aufgegeben zu haben, stimmt das?

„In der Tat, Adam, ich habe sie verlassen, weil ich mich alt fühle und das erfordert Kraft und Jugend. Ich habe ein paar tausend Meilen auf meinen Rippen und ich denke, es war an der Zeit für mich, die Kontrolle zu übernehmen.

„Also von deinem Einkommen leben?

„Mein Einkommen? Verspotte dich nicht, Adam. Du weißt, dass die Mieten eines Caravaners verschwinden, wenn du eine Route beendet hast und du von dem Produkt leben musst, bis du eine andere unternehmen kannst. Mein Einkommen war immer schlecht.

"Dann...

„Ich bin Siedler geworden. Es ist Zeit für mich, meine Beine und meine Rippen auszuruhen und das Beste aus den Tagen meines Lebens zu machen. Und was machst du? Hast du auch die Karawanen aufgegeben?

„In der Tat, Vogel. Ich habe sie im Stich gelassen, weil ich es leid war, wie du, durch unwirtliche Länder zu reisen und mein Leben im Kampf gegen die Elemente und die Indianer preiszugeben. Man ist noch jung und muss einen Saft zum Leben erwecken, den offene Landschaften ohne andere Reize als Führungswagen nicht bieten.

„Ich stehe zu Diensten eines Viehzüchters, der viel Viehhandel betreibt und obwohl das Autofahren auch etwas müde ist, gibt es viele Ruhezeiten, um Städte wie diese zu besuchen und ein paar Tage Spaß zu haben, im Wissen, dass das Gehalt jeden Tag läuft Monat und warten Sie nicht, bis neue Arbeitgeber auftauchen.

„Aber... wir reden trocken und das ist nicht richtig. Wir müssen unser Treffen feiern und ich lade Sie auf ein oder zwei Whiskys ein, was immer Sie trinken möchten.

„Danke, und ich werde es akzeptieren, um Sie nicht zu brüskieren, aber ich sage Ihnen, dass es mehr als zwei Jahre her ist, dass ein Tropfen Alkohol in meine Kehle gelangt ist.

"Höllenglöcken! ... Ist das möglich?

„Wie ich dir sage!

„Hat er sich vom Trinken zurückgezogen? Du hattest einen guten Magen, um es aufzunehmen.

„Stimmt, und ich sage Ihnen, dass ich es zuerst sehr vermisst habe, aber Sie gewöhnen sich an alles. Wo ich die letzten zwei Jahre verbracht habe, gab es nur Flusswasser und man musste sich daran gewöhnen.

„Nun, du wirst es mir sagen. Ich bin gespannt, was er getan hat, da wir uns vor vier Jahren nicht gesehen haben.

Adam führte ihn zu einer nahegelegenen Taverne, wo er zwei Gläser Whisky bestellte, und an einem Tisch setzten sie sich wieder ins Gespräch.

"Mein Leben ist nicht erleichtert", bestätigte Victor. Auf der anderen Seite wird Ihre, so unruhig und hart Sie auch waren, interessanter sein als meine.

"Glaub es nicht. Ich habe die Karawanen vor drei Jahren verlassen, nachdem ich eine Lungenentzündung bekommen hatte, die mich fast in die Hölle gebracht hätte, und dann beschloss ich, die Routen zu verlassen.

„Ich habe als Arbeiter auf einer Farm, später auf einer Ranch gearbeitet und später durch einen Freund Teil des Teams eines Viehhändlers geworden, der das ganze Jahr über viele Rinder kauft und verkauft.

„Es arbeitet zwar oft hart, aber es zahlt sich gut aus und es bleiben immer Lücken, um Spaß zu haben und die Arbeit zu kompensieren.

„Also, Ihr Einkommen …

„Mein Einkommen fließt in Whisky und einige gute Mädchen, mit denen ich normalerweise Zeit in den Spielhöllen verbringe, aber ich habe Spaß, was ich vorher nicht getan habe.

Und da dies mein Leben ist, seit wir uns nicht gesehen haben, erzähl mir jetzt deins, was interessanter sein sollte.

„Es ist vielleicht interessant, zugehört zu werden, aber es zu erleben, es hätte nicht härter sein können, allerdings mit der Hoffnung, dass es nicht lange dauern wird, bis man eine Entschädigung erhält.

Bird erzählte ihm, wie er sich einer Karawane von Verbannten angeschlossen hatte und wie sie sich an den Ufern von Smoky Hill niedergelassen hatten, wo sie beschlossen, sich niederzulassen und mit den armen Mitteln, die sie hatten, eine Stadt zu bauen.

Víctor berichtete von den Wechselfällen, die er erlitten hatte, bis er seine Existenz mit dem Produkt der Ernte halb sichern konnte und angesichts der bevorstehenden Einweihung der „Union Pacific" sichere Transportmittel haben würden, um ihre Ernten zu platzieren und in der Lage zu sein, erwerben, was sie brauchten und noch nicht besaßen. .

Adam hatte ihm, während er ihm zuhörte, zwei neue Gläser Whisky angefordert, und Bird, ermutigt durch das Getränk, an das er nicht mehr gewöhnt war, erklärte schließlich seinem alten müden Begleiter alle Projekte der Kolonisten und den Grund dafür er in die Stadt.

Adam, der aufmerksam und ohne Unterbrechung zugehört hatte, rief aus:

„Sie besitzen also eine Stadt mit hundert Nachbarn und dazu noch eine wunderschöne Prärie?

„Das sind wir praktisch, weil wir das Land seit zwei Jahren bearbeiten. Jetzt bin ich gerade gekommen, um die Registrierung unserer Parzellen und den Teil der freien Weide zu überprüfen. Wir denken, sobald es die Umstände erlauben, gemeinsam eine Ranch zu errichten, Rinder von denen zu erwerben, die zu Tausenden aus dem Teil von Texas kommen, und eine Art Fleischmarkt zu gründen, der die nächsten Städte im Umkreis von mehreren Meilen abdeckt. .

„Gutes Geschäft, wie ich sehe.

„Es kann sein, aber nicht so bald, Adam. Denken Sie daran, dass wir sehr knapp bei den Mitteln sind und dass wir erst einmal kein Geld haben werden, wenn wir einen Weg finden, unsere Ernten zu verkaufen. Vorher müssen wir uns mit vielen notwendigen Dingen versorgen, die uns fehlen, aber wir sind zäh und stark und alles wird kommen.

„Die Sache mit der Registrierung wird sehr kompliziert. Hundert Besitzer sein.

"Glauben Sie es nicht. Ich bringe einen perfekten Plan der Parzellen, ihrer Lage und Abmessungen und die Genehmigungen aller mit, um die Registrierung in ihrem Namen durchzuführen. Was die Prärie betrifft, wird sie als Gemeinschaftseigentum registriert und es wird keine Unannehmlichkeiten geben." Auf der anderen Seite wissen Sie, dass bei fernen Ländern ohne Besitzer und ohne Kolonisationssymptome der Staat Einrichtungen aller Art bereitstellt .

„Nun, Bird, du weißt nicht, wie sehr ich dein Glück feiere… Willst du mir sagen, wo diese Stadt ist, falls ich jemals die Chance bekomme, dir Hallo zu sagen? Da ich viel mit Vieh an diesen Orten unterwegs bin, verbringe ich vielleicht einen Tag in der Nähe und nutze die Gelegenheit, es mir anzuschauen, um zu sehen, wie es sich macht.

„Ich glaube nicht, dass es schwierig für Sie sein wird, es zu finden. Folgen Sie einfach dem Verlauf von Smoky Hill. Es liegt etwa zwanzig Meilen unterhalb einer Stadt namens Victoria, in der bereits die Eisenbahn gebaut wird.

„Ich werde das im Hinterkopf behalten, falls ich dich besuchen kann. Und jetzt sag mir, was du heute Abend vor hast.

„Nichts, Adam. Da ich all diese Papiere erst morgen anmelden kann, gehe ich früh ins Bett.

„Früh, wenn Gott weiß, bis zu welcher anderen Zeit er nicht in der Lage sein wird, unter zivilisierten Menschen zu leben?

„Sie werden nicht denken, dass ich wie Sie in dem Alter bin, um stilvoll zu feiern.

„Natürlich nicht, aber er wird auch kein Feinschmecker. Warum akzeptierst du nicht, dass wir zusammen zu Abend essen? Wir haben viele schlechte Drinks auf den Straßen getrunken, sind gemeinsame Gefahren gelaufen und haben uns lange nicht mehr gesehen. Für den Fall, dass wir uns verspäten, uns wieder zu treffen, oder wir uns nicht wiedersehen, ist es nur fair, dass wir einige Zeit in angenehmer Gesellschaft verbringen und uns an vergangene Zeiten erinnern. Ich hoffe, du siehst nicht auf mich herab.

Obwohl Victor sich von dem Zusammenbruch der Reise so gut wie möglich ausruhen wollte, da er einen anderen Tag hatte, der so hart war wie der, den er perspektivisch erlitten hatte, wagte er es nicht, seinen alten Wohnwagengefährten zu brüskieren und sagte:

„Nun, Adam, weil ich du bin, werde ich mich anstrengen, aber ich versichere dir, dass meine Ausdauer nicht mehr das ist, was sie einmal war, und dass meine Knochen jetzt leichter leiden und Ruhe von mir verlangen. Ich werde dich zum Essen begleiten, aber ich werde mich bald zurückziehen. Morgen nach der Überprüfung der Registrierung muss ich viel umziehen, um unendlich viele Dinge zu besorgen, die meine Kollegen mich gefragt haben, und mache mich sofort auf den Weg durch die Stadt. Es gibt hundert Meilen von Wagen, die viel wiegen, wenn die Gewohnheit verloren ist, sie zu rollen.

„Zustimmen. Wo wohnst du?

„In einem sehr bescheidenen Gasthaus, Adam. Sie müssen mit Geld knapp werden, bis sich die Situation ändert. Das Gasthaus heißt "Los Tres Sauces" und befindet sich auf einem Platz, der ihm, gerade weil es drei Weiden hat, seinen Namen gibt.

„Ich weiß, wo es ist. Um halb neun suche ich dich darin. Jetzt habe ich etwas zu tun, aber bis dahin bin ich frei.

„Sehr gut. Um halb neun warte ich dort auf dich.

Sie verabschiedeten sich mit einem kräftigen Händedruck und standen auf. Victor schien ein wenig schwindelig zu sein, weil er das Trinken nicht gewohnt war, aber er schätzte, dass er mit der Nachmittagsluft aufwachen und bis zum Abendessen wieder klar sein würde.

Und er ließ Adam, der die Straße hinunter verschwand, im Stich und begann, unsicher zu gehen und atmete eifrig die trockene, schneidende Luft ein, die in diesem Moment wehte.

Er würde aufpassen müssen, während des Abendessens wenig zu trinken, um weiteren Schwindel zu vermeiden.

KAPITEL III

DAS LEISTUNG EINES BÖSEN

Um halb neun tauchte Adam im Gasthaus auf, wo Victor an der Tür auf ihn wartete.

Das Gasthaus war, wie der ehemalige Wohnwagenfahrer gesagt hatte, auf einem nicht sehr großen Platz mit wenig Bewegung eingerichtet, und um zu einer zentraleren und belebteren Straße zu gelangen, musste man eine enge, schmutzige und schlecht beleuchtete Gasse überqueren, die die Straße mit dem Platz. Adam nahm Victor lächelnd am Arm und zog ihn mit den Worten:

„Wir werden in einem sehr typischen Restaurant zu Abend essen, wo sehr gutes Essen serviert wird. Ich empfehle es, wenn Sie hierher zurückkehren müssen.

„Wer weiß, wann werde ich es tun und ob ich wiederkomme. Es ist ein sehr harter Tag, dies oft zu tun, und wenn die Bahn bald eingeweiht wird, ist es vorzuziehen, nach Victoria zu fahren und dort den Zug zu nehmen. Der Fortschritt wird aufgezwungen, und dies der Wagenzüge, die meilenweit über schwierige und gefährliche Pfade rollen, wird in Kürze in die Geschichte eingehen. Eines Tages werden diejenigen von uns, die Karawanenfahrer waren, einige malerische Bilder sein, um die Geschichten und Geschichten unserer Nachkommen zu illustrieren.

Adam führte ihn durch verschiedene Straßen, die Bird nicht kannte, bis er vor einem bescheidenen Restaurant in einer abgelegenen und engen Straße hielt. Es war ein Lokal normaler Größe, in dem maximal zwei Dutzend Leute gleichzeitig essen konnten.

Sie nahmen einen Tisch in der Ecke und Adam wählte eine große Speisekarte aus, die aus gerösteten Bisonhöckern, Bohnenomelett, Kartoffeln zur Belebung des Höckers und Apfelkuchen bestand. Er bestellte auch zwei Flaschen kalifornischen Wein, der in diesen Breitengraden sehr beliebt war.

Während des Essens wurde die Unterhaltung lebhaft. Beide erinnerten sich an Phasen ihres Lebens als Karawanenfahrer voller Angst, und Bird, ermutigt durch den kalifornischen Wein, mit dem er das Abendessen einschenkte, kehrte zu seinem neuen Leben als Siedler zurück, gab Haare und Zeichen von allem, was sie getan hatten, und von dem, was sie hofften, bald herumzukommen.

Nach dem Abendessen, das bis nach elf Uhr dauerte, bestellte Adam Kaffee und zwei Gläser Rum, und als sie um halb elf das Restaurant verließen, fühlte Bird, wie sein Magen schwerer wurde, als wenn er ihn mit Steinen gefüllt hätte, und was seinen Kopf anging, war es ein kleiner Wirbelwind durch den eingenommenen Alkohol.

Victor hatte zumindest für Kaffee und Rum bezahlen wollen, aber Adam hatte entschieden dagegen protestiert und gesagt:

„Auf keinen Fall. Ich habe eingeladen und rede nicht mehr. Ich möchte, dass Sie sich gut an unser Treffen erinnern, falls wir uns nicht mehr sehen.

„Wer weiß. Die Welt dreht sich viel und man hat es schon gesehen; wenn wir es am wenigsten geahnt haben, haben wir uns wiedergesehen.

„Sie haben Recht, aber die Geschichte wiederholt sich nicht immer.

Adam nahm ihn am Arm, da Victor ein wenig zu zögern schien, und fragte:

„Was machen wir jetzt? Wir könnten einen Spaziergang machen und einen dieser Orte besuchen, an denen gute Mädchen auftreten. Wir würden einen ganzen Abend verbringen.

„Danke, Junge, aber diese Zeit des Abhängens mit guten Mädchen ist für mich vorbei. Ich gehe ins Bett, weil ich früh aufstehen muss, um ins Register zu gehen und dann Geschäfte zu besuchen. Ich habe noch viele Hausaufgaben, bevor ich mich wieder in der Stadt sehe.

„Nun, wenn das Ihre feste Absicht ist, möchte ich Sie nicht aufregen. Ich werde ihn zum Gasthaus begleiten und dann sehen, wo ich am Ende die Verdauung mache.

Immer an seinen Arm geklammert, setzten sie ihren Weg zum Gasthaus fort. Es war kurz vor zwölf, und der Verkehr auf den Straßen war fast gleich Null. Diejenigen, die sich nicht zur Ruhe zurückgezogen hatten, wurden in Tavernen und Spielhöllen eingesperrt.

Endlich erreichten sie die Gasse, die zum Platz führte. Keine Menschenseele ging hindurch und es war fast dunkel.

Adam ließ Victors Arm los und sagte:

„Pass auf, dass du nicht stolperst und stürzt! Steigen Sie an die Wände, was am sichersten ist.

Bird, dem schwindelig schien, befolgte den Rat, lehnte sich mit einer Seite an die Wände und ging weiter, während Adam, fast neben ihm, aber ein wenig hinter ihm folgte.

Bis der ehemalige Karawanenfahrer plötzlich ein heftiges Stechen im Rücken verspürte. Der Schmerz zwang ihn, den Mund zu öffnen, um zu schreien, aber er hatte keine Zeit, und wie vom Blitz getroffen stürzte er seitlich neben eine schattenhafte Tür.

Adam zupfte kalt am Griff des Messers, das er seinem ehemaligen Partner bösartig in den Rücken getrieben hatte, und beugte sich schnell über ihn, während er seine Taschen durchsuchte.

Eifrig packte er alles, was sie enthielten, und verließ mit einem schnellen Schritt die Gasse, ging auf die nächste Straße hinaus, um sich in anderen Straßen auf der anderen Seite zu verlieren.

Als er in Sicherheit war, griff er nach dem Licht einer an einer Tür hängenden Lampe und untersuchte eifrig alles, was gestohlen wurde. Es gab den Plan der Stadt, ihre geographische Lage, die Grundstücke jedes Kolonisten und die von allen unterzeichneten Dokumente. Er hatte auch achthundert Dollar beschlagnahmt, die Victor zum Einkaufen gegeben hatte.

Der Plan, den er seit seiner Begegnung mit Bird gezeichnet hatte und er ihn rücksichtslos über die Mission informierte, die ihn nach Hutchinson geführt hatte, hatte sich so entwickelt, wie er es sich vorgestellt hatte und jetzt musste er nur sehen, ob der Stich gegen den ehemaligen Karawanener gewesen war erfolgreich. so tödlich, wie er es versucht hatte. Sollte er tot aufgefunden werden, hätte er nichts zu befürchten und der letzte Teil seines waghalsigen Projekts könnte sicher in die Tat umgesetzt werden. Er würde das gesamte Land in seinem Namen registrieren, einschließlich Parzellen und Wiesen, und dann war er sicher, die Person zu finden, die ihm für einen von ihm festgelegten Betrag abkaufte, das Grundbuchamt.

Wenn er das Geld in seinem Besitz hatte, würde es für immer aus diesen Breiten verschwinden und der Käufer würde mit den Siedlern handeln, wenn er die Wiese in Besitz nahm und die Zahlung der Pacht verlangte oder sie zwang, sie zu kaufen, obwohl sie ihnen gehörten.

Der elende Adam zog sich in das Gasthaus zurück, in dem er wohnte, schlief aber die ganze Nacht nicht. Jetzt verspürte er den qualvollen Zweifel, nicht zu wissen, ob er Bird niedergeschlagen und seinen Mund für immer zugehalten hatte oder ob die Wunde trotz seines spektakulären Sturzes nicht so tödlich gewesen war, wie es seine Pläne erforderten; Dieser quälende Zweifel zwang ihn, früh aufzustehen und sich ziellos auf die Straße zu werfen.

Eine krankhafte Neugierde veranlasste ihn, sich der Gasse zu nähern, wo er ängstlich aussah, aber er konnte sehen, dass die blutende Leiche des ehemaligen Karawaneners nicht mehr da war. Jemand muss ihn tot oder verletzt entdeckt haben und ihn aus dem Verkehr gezogen haben.

Völlig nervös lief er bis zum Nachmittag herum, als die Stadtzeitung in den Verkauf ging, und erwarb sich fieberhaft ein Exemplar und zog sich dort zurück, wo ihn niemand sehen konnte, um nach Nachrichten zu suchen, die seine Situation aufklärten würden.

Bis er auf der letzten Seite ein Flugblatt fand, auf dem stand:

GEHEIMNISVOLLES VERBRECHEN

In einer Gasse, die zur Plaza de los Sauces führt, entdeckten heute Morgen zwei Passanten, die dort herumliefen, die Leiche eines halbverbluteten Mannes, der mit dem Gesicht nach unten auf dem Boden lag.

Er hatte eine riesige Wunde am Rücken, die von einem Messer verursacht wurde, obwohl diese nicht in der Nähe des Verwundeten gefunden wurde. Sie müssen ihn überraschend erstochen haben, vielleicht um ihn auszurauben, da in seiner Kleidung kein Geld oder Dokument gefunden wurde, um den angegriffenen Mann zu identifizieren.

Er wurde in einem verzweifelten Zustand ins Krankenhaus gebracht und mitten am Tag, als wir das Krankenhaus besuchten und mit den Ärzten sprachen, verbergen sie ihren Pessimismus nicht. Sie haben nicht viel Hoffnung, sein Leben retten zu können und weniger, dass er etwas verkünden kann, das das Geheimnis klärt. Selbst in dem unwahrscheinlichen Fall, dass Ihr Leben gerettet wurde, wird es viele Tage dauern, bis Sie in der Lage sind, auszusagen.

Wir verurteilen ein solches abscheuliches Verbrechen aufs Schärfste und fordern die Behörden erneut auf, die Wachsamkeit zu erhöhen, um solche tadelnswerten Ereignisse zu vermeiden, die sich zu häufig ereignen und den guten Ruf der Stadt in Misskredit bringen.

Adam atmete ruhig, nachdem er die Nachrichten gelesen hatte. Ob Bird starb oder gerettet wurde, für den Moment war er bewusstlos, um seine Pläne zu durchkreuzen und ihn in Gefahr zu bringen. Er konnte ruhig die Landvermessung versuchen und von dort verschwinden, um mit jedem zu sprechen, von dem er sicher war, dass er zustimmen würde, den Kauf dieser Platte zu besprechen.

Nachdem die Operation durchgeführt war und er das Geld erhalten hatte, würde er aus diesem Gebiet verschwinden und der Käufer würde sich mit den Siedlern befassen. Rechtlich wäre er der Eigentümer des Landes und niemand könnte dem ehemaligen Karawanenfahrer das Schicksal erschweren.

Am nächsten Tag wurde ihm beim Standesamt der Stadtplan und die Grundstücke vorgelegt.

Er hatte sich sehr gut gekleidet präsentiert, als wäre er eigentlich ein wohlhabender Mann, und nachdem er mit dem Standesbeamten ein paar Scherze gespielt hatte, um seine Sympathie zu gewinnen, erklärte er die Operation auf seine Weise.

Er hatte dieses Land entdeckt, indem er es in Besitz genommen hatte, und hatte mit einigen Karawanen verhandelt, um ihnen einen Teil des kleinen Tals zu pachten, was sie akzeptierten. Sie hatten sich dort niedergelassen, sie hatten das Land so aufgeteilt, wie es der von ihm vorgelegte Plan zeigen konnte, und den Rest würde er verwenden, um eine kleine Ranch zu bauen und Vieh zu züchten.

Der Schreiber schien an Adams Erklärungen nicht sehr interessiert zu sein. Seine Aufgabe war es, den Ort zu notieren, den Plan mit den ungefähren Ortsangaben und sogar den Namen, der der Stadt gegeben worden war, bekanntzugeben. Der Rest war Sache der Person, die die Immobilie registriert hat.

Und da es viele verifizierte Aufzeichnungen über Pakete gab, die die Regierung den Siedlern kostenlos zur Verfügung stellte, bereitete die Angelegenheit keine Komplikationen für die Verfahren. Wenn die Inspektoren später einen Besuch abstatten wollten, um zu überprüfen, ob das registrierte Land tatsächlich ausgebeutet wurde, war dies ihre Aufgabe.

Nachdem alle Papiere überprüft, die Registrierungsgebühren bezahlt waren, die bescheiden waren, und die Belege in der Tasche, verschwand Adam schnell von Hutchinson. Er war dort nur auf der Durchreise, und sein Ziel, wenn auch nicht sehr weit entfernt, war ein ganz anderes.

Adam hatte Victor etwas über sein jetziges Leben erzählt, aber er hatte sich das Interessanteste vorbehalten. Hätte er es erklärt, hätte ihn der ehemalige Karawanenfahrer als Unerwünschten von seiner Seite geworfen.

Er arbeitete zwar für einen Viehhändler, aber nicht für einen Händler, mit dem er anständig umgehen konnte. Sein Name war Ludwing Swan, und er beschäftigte sich nur mit Viehdieben, kaufte von ihnen das Produkt ihrer Plünderung zu einem niedrigen Preis und platzierte es dann so gut er konnte, mit einem Gewinn, der weit über dem lag, was ihm ein legaler Handel gebracht hätte.

Der größte Nachteil und der gefährlichste, der ihn plagte, war, dass er keinen sicheren Ort hatte, an dem er das Vieh sammeln und bis zur Freilassung tarnen konnte.

Dies war ein Problem, das ihn wahnsinnig machte, da er gezwungen war, nach komplizierten Orten zu suchen, die weit von einer einfachen Inspektion entfernt waren, um das Vieh zu lagern, das immer der Gefahr ausgesetzt war, irgendwann entdeckt zu werden.

Adam, der sich dessen bewusst war, war sich sicher, dass er mit Swan über den Kauf dieses idealen Landes verhandeln konnte, da er als absoluter Eigentümer des Landes den Siedlern eine Miete auferlegen oder ihnen verkaufen konnte er konnte eine empirische Ranch in der Prärie errichten, darin so viele Rinder sammeln, wie er unter seinem Status als Händler erworben hatte, und vor so vielen Gefahren geschützt werden, da der Ort, wie Victor ihm gesagt hatte, isoliert war und es für niemanden leicht war, ins Geschäft einzusteigen.

Adam ging in eine Stadt namens Sterling, wo Swan jetzt war. Er hatte gerade zweihundert Rinder verkauft, die ihm viele Kopfschmerzen bereitet hatten, da sie so hart danach gesucht hatten und er eine Ruhe finden wollte, bevor er neue Komplikationen bekam.

Swan hatte das halbe Dutzend Männer in seinen Diensten entfesselt. Sie alle entsprachen mehr oder weniger der moralischen Verfassung Adams, da sie alle wussten, welche Geschäfte ihr Arbeitgeber machte.

Swan, der nicht damit gerechnet hatte, Adam so bald zu sehen, begrüßte ihn mit den Worten:

„Wie zum Teufel bist du jetzt hier, wenn du nur vier Tage weg bist? Es gibt nichts für jetzt.

"Ich kann mir vorstellen.

„Also, was ist los? Ist es, dass Sie das Geld schon aufgebraucht haben und noch mehr auf Rechnung verlangen? Dafür ist es zu früh.

„Nein, keine Sorge, ich brauche keinen Kredit. Ich habe genug Geld, um so lange wie möglich warten zu können.

„Also, wozu kommst du?

„Um mit Ihnen geschäftlich zu tun.

„Irgendwelche neuen Viehtipps? Nein, vorerst nicht. Ich möchte, dass die Sheriffs des Suchens müde werden, und ich werde mindestens einen Monat lang kein einziges Horn kaufen.

„Es geht um etwas Wichtigeres, Swan, und ich hoffe, Sie hören mir zu und denken ein wenig über den Vorschlag nach, den ich Ihnen machen möchte. Ich spreche vor allen anderen mit dir über die Sache, weil es eine Pflicht ist, da du mir geholfen hast, voranzukommen, aber wenn du nicht wirklich interessiert bist, geht nichts verloren, denn was ich zu bieten habe Sie und zu dem Preis, den ich Ihnen geben werde, habe ich Dutzende von Leuten, die bereit sind, sie zu kaufen.

„Hmm...! Seit wann haben Sie etwas zu verkaufen, das Ihnen gehört?

„Seit zwei Tagen.

"Nun, mal sehen, was es ist, da Sie mir versichern, dass es mich so sehr interessiert, und mal sehen, wie Sie Ihr Eigentum rechtfertigen können.

„Dies wird durch Dokumente gerechtfertigt, die niemand bestreiten kann.

"Nun, mach weiter; spricht.

„Sie haben ein enormes Problem im Sinn, nämlich einen geeigneten Ort zu haben, um die von Ihnen gekauften Bündel abzuholen, ohne dass jemand darin herumschnüffeln kann, und Ihnen die nötige Ruhe zu geben, um auf die produktivsten Gelegenheiten warten zu können das Vieh zu verkaufen.

„Nun, ich komme, um Ihnen diesen Ort anzubieten, und nicht nur das, sondern eine ganze kleine Stadt mit hundert Siedlern, die sich darin niedergelassen haben, ohne das erworbene Recht zu haben, sich als Eigentümer zu betrachten, da sie sich nicht die Mühe gemacht haben, das Eigentum in fällige Zeit.

„Ich biete dir die Stadt mit ihren hundert Grundstücken an, von denen du Mieteinnahmen oder den Kauf verlangen kannst, wenn du willst, und dazu noch ein großes Stück Wiese in der Nähe der Stadt, wo du eine Ranch bauen kannst, die dient als Abdeckung. für dein Geschäft. Es ist ein herrlicher Ort, am Ufer eines Flusses und abseits aller bekannten Routen. Es hat den Vorteil, dass Sie, wenn die Eisenbahn in Kürze eröffnet wird, sie zwanzig Meilen entfernt haben, was den Transport des Viehs erleichtert, und indem Sie Dinge tun, die der Teufel befiehlt, werden Sie in den Augen aller als ehrlicher Händler durchgehen Vieh, denn derjenige, den Sie genau neben einer von hundert Siedlern besetzten Stadt errichtet haben, wird Sie beschützen.

"Eine schöne Aussicht", antwortete Swan, fasziniert von Adams Worten. Wo befindet sich dieses Paradies, das Sie mir anbieten?

„Ich habe kein Problem damit, es dir zu sagen, weil es in meinen Händen so sicher ist, dass es mir niemand nehmen kann. Die Stadt hat bereits einen Namen, Abilene, und liegt am Ufer des Smoky Hill, etwa zwanzig Meilen von Victoria entfernt, dem nächsten Ort, an dem die "Union Pacific" zirkulieren wird. Das kleine Tal ist zwischen zwei Senken im Gelände eingebettet, die es schützen und gemeinsame Wege abschneiden; das heißt, es ist kein Durchgangsort, wenn es nicht gesucht wird.

„Und um Sie zu überzeugen, hier ist eine Karte des Tals, des Ortes, den die Stadt einnimmt, wo sich die Grundstücke befinden, mit den Namen der Siedler und dem Stück Wiese, auf dem Sie die Ranch bauen und das Vieh in Deckung haben können von Blicken. indiskret. Für die Siedler sind Sie der absolute Besitzer des Tals und ein anständiger Viehzüchter, der mit Rindern handelt.

Swan untersuchte die Pläne sorgfältig und sagte dann:

„Nicht schlecht. Jetzt erklärst du mir den Rest.

„Der Rest, was ist das?

„Wie ist das in Ihre Hände gekommen und wie können Sie beweisen, dass es Ihnen gehört und Sie es verkaufen können?

„Wie es in meine Hände kam, interessiert mich nicht. Wenn Sie Vieh von Viehdieben kaufen, fragen Sie sie nicht, woher sie sie haben; Sie kaufen sie, weil sie Sie interessieren und der Rest zählt nicht. Wenn Sie sie verkaufen, wissen die Käufer, dass sie nicht ehrlich erworben werden, aber da sie mit dem Kauf verdienen, erwerben sie sie ohne weitere Fragen zu stellen, und das ist bei mir der Fall.

„Mein Recht, es jemandem anzubieten, ist hier sehr klar. Dies ist das Grundbuch mit allem, was es enthält, und Sie kennen die Unterlagen gut genug, um zu wissen, dass es legal ist und niemand es anfechten kann.

Swan, zunehmend fasziniert, studierte die Dokumente und war von ihrer Rechtmäßigkeit überzeugt, sagte er;

„Warum nutzt du es nicht aus?

„Aus zwei Gründen. Zum einen, weil ich Geld brauche, das ich nicht dort absetzen muss, und zum anderen, weil … es besser ist, dass es nach dem Verkauf verschwindet. Es ist möglich, dass jemand damit nicht einverstanden ist eine Miete von dem zu zahlen, was sie für ihres halten und versuchen, Vorkehrungen zu treffen, um zu klären, warum das Land auf meinen Namen eingetragen ist. Ich würde mich beeilen, Erklärungen zu geben, und es passt nicht zu mir. Aber legal verkauft und als Käufer , nicht derjenige, der die Immobilie registriert hat, niemand kann Sie nach Konten fragen.Sie haben sie legal von demjenigen gekauft, der rechtliche Dokumente vorgelegt hat, um sie zu verkaufen, und Sie wissen nicht mehr.

„In der Tat würde diese Bestätigung Sie vor den Erklärungen schützen, die Sie anscheinend nicht geben konnten. Der Verantwortliche für das Register würden Sie sein, und ich würde nichts über ihn wissen, da ich beim Kauf des Grundstücks dies mit unwiderlegbaren Dokumenten auf Sicht tun würde, aber Sie werden mir nicht leugnen, dass ich im Moment wäre sehr bedrängt, meiner Zeit zu erklären, wie ich es erworben habe und wem.

„Für wen ist klar, da mein Name auf dem Zulassungsdokument steht. Mit der Aussage, dass ich es Ihnen angeboten habe, haben Sie es studiert, es schien Ihnen gut zu sein und Sie haben es erworben, das Geschäft wurde abgeschlossen. Du musstest nicht wissen, wie es zu mir kam.

„Wenn sie später interessiert sind, sollen sie mich suchen. Ich werde von hier verschwinden und sehr weit marschieren, und es zählen die vollendeten Tatsachen.

„In der Tat, aber denken Sie daran, dass sie mich zumindest in Schach halten werden, bis sich die Flut beruhigt und diese Leute sich damit abfinden müssen zu wissen, dass nicht sie, sondern ich die Eigentümer der Grundstücke sind, und ich werde nicht in der Lage sein, mich zu widmen mich in Ruhe meinem Geschäft widmen.

„Das kann einen Monat oder höchstens zwei dauern. Wenn alle ihre Bemühungen erschöpft sind und sie überzeugt sind, dass nichts eine Lösung für sie hat, werden sie resignieren und dir zustimmen müssen die Hintergründe der Angelegenheit und dass Sie bereit sind, sie in ihren Plots weiterführen zu lassen. Sie werden mit einem Dankeschön für Ihr Verhalten enden und alles wird zur vollkommensten Ruhe zurückkehren. Was Sie in dieser Zeit durch den Erwerb in einem Gewerbe verlieren, kompensieren Sie mit den

Mieten, die Sie von den Grundstücken oder dem Verkauf erhalten, wenn es Ihnen passt. Fangen Sie nicht an, Chinesen auf die Spur zu bringen, denn der Weg ist sehr klar.

„Nun, es ist möglich, aber ich muss es studieren. Was verlangen Sie für die Übertragung dieser Rechte?

"Zehntausend Dollar.

„Klingt das nicht nach viel Geld für die Komplikationen, die der Kauf mit sich bringen kann?

„Die Komplikationen sind minimal, der Gewinn ist sehr profitabel und wenn das in Wirklichkeit nicht über einen etwas krummen Weg in meine Hände gekommen wäre und ich der wahre Entdecker des Landes gewesen wäre, würde ich es nicht zweimal verkaufen. Ich muss verlieren und gewinnen, gerade weil ich der einzige wäre, der das nicht ohne weiteres ausnutzen könnte.

„Zehntausend Dollar sind Mist für das, was es wert ist, und wenn es Ihnen nicht passt, lassen Sie es und ich werde nach einem anderen Käufer suchen, aber ich warne Sie, nicht daran zu denken, einen einzigen Dollar zu reduzieren, weil ich es nicht zugeben werde. Ich habe meine Konten eingezahlt und das ist das Geld, das ich brauche.

„Schon okay, Adam. Ich würde gerne etwas darüber wissen, wie du dieses Pokerspiel mit all den Assen zu deinen Gunsten geschafft hast.

„Ich wiederhole, das ist mein Ding. Sie lernen, ob Sie es akzeptieren oder nicht, und ich gebe Ihnen bis morgen Zeit, um zu antworten.

„Ich werde es studieren und morgen werden wir uns wiedersehen. Die Sache ist noch nicht ganz klar und ich muss die Vor- und Nachteile abwägen.

Swan brauchte diese vierundzwanzig Stunden, um den Vorschlag gründlich zu studieren. Die Tatsache, dass Adam keine Einzelheiten darüber preisgeben wollte, wie er diese Pläne beschlagnahmt hatte und wie er das Land in seinem Namen durchsuchen konnte, hatte vermutet, dass die angewandten Verfahren nicht sehr orthodox gewesen waren. Vielleicht hatte jemand, der das Register überprüfen wollte, mit seinem Leben für die Folgen einer solchen Vertraulichkeit bezahlt, und dann war es verständlich, dass diejenigen, die ihren Vertreter mit der gescheiterten Mission der Überprüfung des Registers betraut hatten, alle möglichen Schritte, um die Plünderung in die Tat umzusetzen. Aber das hat ihn am Ende nicht berührt. Wenn er das Tal vor einem Notar rechtmäßig erworben hat und der Registrierungsbogen, der Adam als rechtmäßigen Eigentümer anerkennt, der Urkunde beigefügt war, ihn zu suchen und ihn um Rechenschaft über seine Leistung zu bitten. Er würde ohne jeden Verdacht herauskommen, da er "in gutem Glauben" kaufen würde, was sie ihm mit zuverlässigen Dokumenten anboten.

Und als er verstand, dass das Geschäft großartig war, akzeptierte er. Er wusste, dass er mit den Kolonisten viele dialektische Schlachten schlagen musste, bis er sie auf die Realität der Situation reduzierte und der Rest für ihn wenig wichtig war.

Wenn sich alles beruhigt hatte, würde er die Ranch bauen, und dort würden die erworbenen Bündel legalen Zufluchtsort finden, was bis zu diesem Zeitpunkt nicht zu bekommen war.

Welche Zeit ihm später bringen würde, er würde sehen, wie er es überstand.

KAPITEL IV

EINE ANFRAGEABWESENHEIT

In Abwesenheit von Victor, der der starke Mann der Stadt war, kleine Konflikte löste und immer bereit war, jedem zu helfen, der sie brauchte, war einer der beiden Siedler, die mit Bird ernannt wurden, an seine Stelle getreten, um jede Kontroverse zu schlichten, die möglicherweise entstehen zwischen den abgesetzten. Das war Leslie Simpson, ein robuster Bauer in den Dreißigern, hart für die Arbeit, scharfer Witz, um "Probleme" zu lösen, die manchmal auftraten und die andere, weniger gebildet, nicht zu lösen wussten und ein dynamischer und freundlicher Mann, den alle schätzten seine hervorragenden humanen Bedingungen.

Leslie wäre in Kentucky geblieben, wo es ihm nicht schlecht ging, wenn Valentine Marqueand, ein anderer Siedler, der weniger glücklich war als er selbst, sich nicht entschlossen hätte, das Abenteuer der Suche nach unbekanntem Land auf sich zu nehmen, in dem logischen Wunsch, ein elendes Leben zu überwinden, das zieht sich schon seit einiger Zeit hin. Wetter.

Dass Valentin persönlich entschieden hatte, dass so etwas für Leslie nicht viel ausmachte, aber es geschah, dass er, als Valentin ging, seine Tochter Margaret mit sich nahm, und das war Leslie wichtig, denn er war in das Mädchen verliebt. und seine Absicht war, sie zu heiraten, wenn die Umstände es erlaubten.

Margaret liebte den Siedler, aber sie konnte ihrem Vater nicht erlauben, das Abenteuer allein zu erleben. Es war das Einzige, was der alte Siedler auf der Welt hatte, und es war seine Pflicht, auf ihn aufzupassen.

Leslie hatte Margarets Vater angeboten, ihn in sein kleines Anwesen aufzunehmen, als er seine Tochter heiratete, aber Valentine war stolz darauf zu wissen, dass er immer noch für sich selbst sorgen konnte. Er wollte mehr als das Elend, das er genoss, nicht für sich selbst, sondern für seine Tochter.

Leslies Argumentation, ihn davon zu überzeugen, ihr Angebot anzunehmen, war nutzlos. Der hartnäckige alte Mann wies es zurück und sagte:

„Ich freue mich sehr, dass meine Tochter Sie heiratet und an Ihrer Seite bleibt. Ich weiß, dass Sie sich wirklich lieben und dass sie mit Ihnen glücklich sein wird, also können Sie es tun und ich werde das Abenteuer laufen, um zu sehen, was ich bekomme. Es ist mir in den Sinn gekommen, dass ich in Richtung Westkansas eine produktive Ecke zum Ausklingen meiner Tage finden kann, die ich hier nicht erreicht habe, und ich kann es selbst versuchen.

Margaret kämpfte erbittert, um das Wohlergehen der drei in Einklang zu bringen. Er sah sich zwischen einem Felsen und einem harten Ort, zwischen zwei verschiedenen Lieben, aber eine so tief wie die andere. Sie konnte Leslies Zuneigung nicht aufgeben, aber ihre Pflicht als Tochter erlaubte es ihr auch nicht, ihren Vater in diesem Abenteuer verlassen zu lassen, von dem niemand wusste, wie es enden könnte.

Die einzige Lösung, die der alte Siedler fand, war eine und er schlug sie vor:

„Da meine Tochter mich nicht verlassen will und es nicht fair ist, dass sie auf ihr zukünftiges Glück verzichtet, schlage ich dir etwas vor. Sie und ich sind in den Westen von Kansas aufgebrochen. Wenn ich etwas viel Besseres finde als das, was Sie und ich haben, werde ich Ihnen raten, dies loszuwerden und sich bei uns niederzulassen. Sie können dort heiraten, und wir werden alle besser leben, als wir bisher gelebt haben, denn obwohl Sie eine etwas bessere Position genießen als ich, ist es nicht so hell, dass es Sie vor Sorgen schützt. Sie wissen genau, dass eine einjährige schlechte Ernte Sie für viele Jahreszeiten in eine betrübliche Lage bringen würde.

Und wenn ich scheitere und das ist nicht besser als das, dann verspreche ich, hierher zurückzukehren und aufzugeben, etwas anderes zu sein, als ich bin. Ich brauche ein Jahr, um den Test zu versuchen,

Die Lösung war relativ akzeptabel, aber sie passte auch nicht zu Leslie. Er wusste, was es für einen alten Mann bedeutete, auch wenn er noch stark war, und für ein Mädchen wie Margaret, das Unbekannte dieser Reise durch Länder, die noch immer unzählige Gefahren boten und er konnte sie nicht der nachlassenden Kraft ihres Vaters überlassen .

Und er entschied sich für eine Zwischenlösung. Er würde sein Eigentum verkaufen, alles Geld, das er verdienen konnte, verwenden, um einen guten Wagen auszustatten, und mit Valentin und seiner Tochter dasselbe Schicksal erleiden. Was immer ihnen gehörte, würde ihm gehören, und wer wusste, ob der alte Mann recht hatte, und am Ende würden sie etwas Nützlicheres für alle in diesen Ländern finden, die in vielen Meilen Ausdehnung immer noch fast jungfräulich waren.

Margaret war durch die Entscheidung ihres Freundes erleichtert. Auf diese Weise würden sie sich nicht trennen und die Gefühle von etwas genießen, das ihr völlig unbekannt war, da sie die Grenzen ihres Geburtsortes nie verlassen hatte.

Er verkaufte schnell sein Land. Es war kein Kapital, das ihnen gegeben wurde, aber es reichte aus, um zwei Waggons zu chartern, sie mit Futter und einigen Haustieren wie mehreren Hühnern, einer Ziege und einem Schwein zu beladen und die Reise mit großem Stress antreten zu können. Sie hatten noch etwas Geld übrig, um in Zukunft das Nötigste zu kaufen.

Leslie, der noch nie in einer Karawane aufgetaucht war, war fast wie ein Kenner der Prärien, so dass der alte Vogel ihn nicht nur sehr lieb gewonnen hatte, sondern ihm auch viele wichtige Missionen anvertraute, um den Erfolg der Kampagne besser zu gewährleisten . Geschäft.

Leslie hatte ihr Pferd behalten, ein ziemlich gutes und zähes Tier; Darin machte er vor der Karawane Entdeckungen, um das Gelände auszunutzen und dafür zu sorgen, dass die Straße keine unüberwindlichen Hindernisse bot.

Und er war es, der eines Nachmittags eine kleine Gruppe Indianer entdeckte, die, auf einem Hügel überfallen, aufmerksam den Marsch der Karren verfolgten, um beim Lagern auf sie zu fallen und die Beute zu erbeuten.

Sein scharfer Blick hatte bestimmte leuchtende Reflexe entdeckt, die von der Spitze des Hügels ausgingen; sie waren, als ob ein Kind mit einem in die Sonne gestellten Spiegelstück spielen würde, um den Lichtstrahl aus der Ferne zu senden.

Als er Victor die Entdeckung mitteilte, übersetzte der Karawanenfahrer sofort, was diese Zeichen bedeuteten. Ein indischer Spion kommunizierte mit anderen versteckten Gefährten unterhalb des Hügels, um sie über das zu informieren, was er sah.

Der Karawanenfahrer wurde nicht gestört, im Gegenteil, gelassen und hart ging er weiter vor den Wagen, bis er einen geeigneten Platz zum Lagern gefunden hatte. Er tat es neben einer Bank, die sie von hinten schützen sollte, während die Karren nach strenger Ordnung ein kompaktes Rad mit dem Vieh darin bildeten, um sie vor den Pfeilen der Indianer zu schützen, während die Männer der Karawane Stellungen im Karren und sogar darunter, Gewehre im Anschlag und Munition griffbereit.

Es war eine nervöse Nacht für alle, besonders für die Frauen, die die Waggons nicht besetzen durften. In der Lücke, die den Kreis bildete, breiteten sie ihre Seesäcke aus und verbrachten dort die Nacht im Schutze aller Eventualitäten.

Aber es war kurz vor Tagesanbruch, und nichts war passiert. Einige Auswanderer begannen, die Bedrohung durch die Indianer in Frage zu stellen. Wenn das stimmte, hatten sie Zeit gehabt, sie anzugreifen, seit Leslie die Zeichen entdeckt hatte.

Aber Victor deutete streng an:

„Wenn Sie ein Dutzend Jahre damit verbringen, Wagen durch die Prärie zu fahren, werden Sie viele Dinge lernen, die Sie nicht wissen. Sie haben uns nicht angegriffen, weil die Indianer dies nur in der Dämmerung oder im Morgengrauen tun, aber nie in völliger Dunkelheit, es sei denn, sie sind sich des Erfolges sicher.

„Seien Sie daher nicht zu selbstsicher, da wir die Anzahl der Feinde nicht kennen, die uns angreifen können. Denken Sie an Ihre, die Sie nur schützen können, und verbrennen Sie sich bei Bedarf die Hände mit dem Lauf der Gewehre, aber hören Sie nicht auf, bösartig zu schießen.

Victors Warnungen waren nicht seine Fantasien gewesen, denn das Tageslicht begann gerade erst, ein beeindruckender Schrei zerriss die Stille, die auf der Wiese herrschte, und ein Chor gutturaler Schreie war das Echo des Schreis.

Aus dem hohen Gras ragten wie aus dem Boden ragende Schlangen bis zu zwei Dutzend bemalte Indianer hervor, halbnackt, mit sehr hohen Schleifen, die mit verschiedenfarbigen Federn geschmückt waren. Scharfe Beile wurden in Büffelledergürteln um ihre Hüften getragen, und in ihren Händen die rohen und schweren Bögen, mit Ersatzpfeilen auf dem Rücken in Köchern, die aus Lianenstreifen gewebt waren.

Ein Regen von Pfeilen fiel auf die Planwagen und nagelte sie mit einem unheimlichen Schwanken fest, aber die Karawanenfahrer, die den Anweisungen des Führers folgten, ließen ihre Gewehre arbeiten, ohne sich eine Pause zu gönnen, und ein Vorhang von Geschossen fegte die gesamte von den Indianern besetzte Front. die alle rannten, versuchten, die Autos zu erreichen, um sie zum Angriff zu bringen.

Die Vergeltung der Auswanderer war tragisch. Obwohl nicht alle geschickte Schützen waren und andere es nicht schafften, ihren Puls ruhig zu halten, um das Ziel zu bestimmen, da die Kampffront begrenzt war, erreichten die Projektile die Masse der Wilden tödlich und sie begannen, von Kugeln durchsiebt, ohne zu fallen ihnen Zeit zum Töten zu geben. die Waggons erreichen.

Die in wenigen Minuten erlittene Sterblichkeit zwang sie, zu zögern und sich zurückzuziehen, ohne das Feuer einzustellen, während ein weiteres Dutzend Indianer im Rücken geblieben war. Vielleicht kümmerten sie sich um die Pferde und kamen ihren Gefährten zu Hilfe, aber als sie bald erkannten, dass der Versuch zwecklos war, da die Karawane ernährt und aus zähen Männern bestand, die bereit waren, zu sterben, beeilten sie sich, die Gefallenen zu ziehen , schleift sie durch das Gras, um sie auf den Pferden zu reiten und mit der blutigen Last zu entkommen.

Selten ließ ein Indianer die Leiche eines Gefährten verlassen; Sie riskierten ihr Leben, um seine Leiche zu retten, und gaben nicht auf, bis sie es taten.

Als die letzten Gefallenen eingesammelt waren, um die Operation zu schützen, begannen sie zu fliehen, und Leslie, vom Kampf gefeuert, rief:

„Für sie...! Wir müssen diese Horde beenden!

Wütend hob er einen der Karren, um Platz zu machen, sprang zu seinem Pferd, das neben ihm stand, und stürzte sich auf die Flüchtenden, da er glaubte, dass die anderen Karawanen, die Reittiere hatten, ihn nachahmen würden, aber Victor befahl mit lautem Geschrei niemandem einen solchen Wahnsinn begehen, weil einige in einen Hinterhalt geraten könnten.

Aber die Kündigung für Leslie kam zu spät. Letzterer war den Rothäuten zuerst nachgelaufen und verfolgte sie aus der Ferne.

Aber als er den Kopf drehte und sah, dass ihm niemand folgte, zögerte er und beschloss, sich zurückzuziehen.

Aber in diesem Moment entdeckte er einen Indianer, der, als sein Pferd gegen einige Steine stolperte, ihn aus der Ferne am Kopf geschleudert hatte, während das kleine Pferd aufstand und sein schnelles Rennen fortsetzte.

Der Indianer krabbelte auf dem Boden und suchte nach dem Bogen, der ihm entglitten war, aber Leslie erkannte, dass der Wilde eine leichte Beute für ihn war, hob sein Gewehr und feuerte.

Der Indianer drehte sich mehrmals auf dem Boden um und hockte grotesk. Leslie rückte mit dem Pferd vor, und als er merkte, dass der Wilde im Sterben lag, sprang er von seinem Reittier, warf sich auf Pfeil und Bogen, riss das Beil von seiner Hüfte und kehrte schnell zum Lager zurück. Als mehrere Siedler, angeführt von Victor, eine Hilfskolonne organisiert hatten, weil sie befürchteten, der tapfere Auswanderer sei ihrem Anstoß zum Opfer gefallen. Die Freude aller war riesig, als sie ihn mit den für so wenig Geld gewonnenen Trophäen wieder auftauchen sahen.

Victor wurde jedoch wütend auf ihn und sagte:

„Er war rücksichtslos und es könnte ihn seine Haare kosten. Die Indianer simulieren meist Rückzugsorte, um ihren Feinden anzuvertrauen und sie dort anzuziehen, wo alle Vorteile auf ihrer Seite sind.

Leslie entschuldigte sich.

„Ich dachte, die anderen würden mir folgen. Wenn ich es nicht wüsste, wäre ich ihnen nicht nachgerannt.

„Als ich es merkte und mich umdrehen wollte, fiel ein Wilder von seinem Pferd zu Boden. Also beschloss ich, ihn zu erschießen, und als ich sah, dass er tödlich verwundet war, sprang ich zu Boden und nahm seine Waffen.

Und er zeigte ihr stolz auf ihre Leistung.

„Dir fehlen die Haare des Inders, Leslie", betonte einer.

„Ich bin nicht so wild wie sie, um irgendjemanden zu skalpieren. Lass sie mit ihrem Bogen und ihren Federn in die Hölle gehen.

Als sie zu den Wagen zurückkehrten, beschimpfte Margaret, sehr verängstigt, Leslie für seine Rücksichtslosigkeit, aber Leslie versuchte, die Sache herunterzuspielen. Es war eine symbolische Verfolgung gewesen, und wenn es stimmte, dass er diese Trophäen bekommen konnte, dann deshalb, weil das Schicksal es so arrangiert hatte.

Dies war das gefährlichste Abenteuer, das sie während der Reise unternommen hatten, denn sie wurden nicht wieder von den Rothäuten gestört.

Leslie hatte diese Trophäen liebevoll aufbewahrt, und als sie ihre Hütte baute, wurden Pfeil und Bogen an die Wand genagelt, während ihr scharfes Beil immer von ihrer Hüfte auf der gegenüberliegenden Seite ihres Colts hing.

Es war eine sehr nützliche Waffe, weil es handhabbar und bedrohlich war, weil seine Schneide einen Ast in die Luft schnitt.

Dieser tapfere Karawanenfahrer war einer der prominentesten in der Stadt gewesen und alle schätzten und respektierten ihn, weil sie ihn auch als tapferen Mann kannten, einen großzügigen und hilfsbereiten Mann, der immer bereit war, den Bedürftigen zu helfen.

Aus diesem Grund wurde er zusammen mit Victor und einem anderen sehr erfahrenen Siedler in der Kunst der Tierjagd ausgewählt, um die Stadt zu regieren. Die drei bildeten einen sehr umfassenden Sicherheitsausschuss.

Als Bird abwesend war, übernahm Leslie die Verantwortung, für Ordnung zu sorgen und sich um alle unvorhergesehenen Bedürfnisse zu kümmern, aber das Leben im Dorf entwickelte sich weiterhin bescheiden, ohne Reibungen oder Zwischenfälle, die ein ernsthaftes Eingreifen erforderten.

Leslie war einer von denen, die bei der Ernte der ehemaligen Karawane halfen, und er würde überhaupt nicht bemerken, dass er von seinem Grundstück abwesend war.

Nachmittags, wenn die Arbeit getan war und die Siedler ihre Felder verließen, um sich im Dorf zu treffen, nutzte Leslie die Zeit, um sich auf einen Stein vor der Tür der Hütte zu setzen, die sie für Margaret und ihren Vater gebaut hatten, und dort unterhielten sie sich und tauschten Eindrücke über die Zukunft aus.

Seit ihrer Ankunft in der neuen Stadt waren zwei Jahre vergangen, und die Hochzeit verlängerte sich, ohne dass offenbar etwas arrangiert wurde, um die Ehe zu segnen. Es fehlte noch immer eine Kirche in der Stadt, und die Entfernung, die sie von anderen Städten trennte, war groß.

„Wie viele werden Ihrer Meinung nach in der Lage sein, das zu lösen, was noch fehlt, damit wir endlich heiraten können?", fragte Margaret.

„Ich glaube, es wird nicht mehr lange dauern, mein Lieber", sagte er lächelnd. Wir haben bereits mit Victor darüber gesprochen und wir haben vereinbart, dass wir, wenn er aus Hutchinson zurückkehrt und unser Eigentum versichert ist, gemeinsam eine kleine Kirche bauen und sehen, wie wir einen Pastor holen, der sich geistlich darum kümmert. Wir haben Weizen von der vorherigen Ernte eingelagert und wenn wir den aktuellen einsammeln, gibt es viel für eine Erkundungsreise, die es uns ermöglicht, unsere Produkte zu platzieren und Geld zu haben, um Dinge zu kaufen, die sehr notwendig sind. Wenn unsere Hochzeit die erste in dieser Stadt sein soll, möchte ich, dass sich alle gerne daran erinnern. Wer das Schlimmste bestanden hat, kann durchaus hoffen, das am wenigsten Schlechte zu bestehen.

„Victor hat ungefähr fünfzehn Tage zwischen dem Gehen und dem Zurückkommen kalkuliert und alles gelöst zurückgelassen. Wenn ich zurückkomme, werden wir einige Dinge besprechen, die sich lohnen, und wenn alles so läuft, wie es jetzt ist, vertraue ich darauf, dass wir heiraten können, wenn wir die Ernte ernten. Sie sehen, es wird nicht mehr lange dauern.

Als die zweite Woche verstrichen war, das Datum, an dem der ehemalige Karawanenfahrer zurück sein sollte, beobachteten alle das Flussufer, wo sie erwarteten, ihn jeden Moment erscheinen zu sehen, mit dem Karren, der mit den wichtigsten Artikeln beladen war .

Aber eines Tages und eines anderen und so weiter vergingen ein halbes Dutzend, ohne dass Victor ein Lebenszeichen zeigte, und die Siedler begannen beunruhigt zu sein und alle möglichen Vermutungen anzustellen, um diese beängstigende Verzögerung zu erklären.

Angesichts der Ungewöhnlichkeit des Falls trafen sich alle Männer der Stadt am ersten Sonntag auf dem Platz, von Leslie gerufen. Die Situation war sehr seltsam und es war notwendig, eine Entscheidung zu treffen.

Der Kolonist ergriff das Wort und sagte:

„Das ist ziemlich seltsam und ich für meinen Teil kann keine richtige Erklärung finden.

„Birds Berechnungen waren gut gemacht. Er wollte fünf Tage auf der Reise verbringen, verlängerte jedoch in Erwartung unvorhergesehener Verzögerungen für jeden Tag einen weiteren Termin.

„Angenommen, dass die Doppelreise zwölf Tage in Anspruch nehmen würde, legen wir einen für die Überprüfung der Registrierung und zwei für die Erfassung aller Bestellungen an. Die Daten wurden hinzugefügt, es sind die vorgesehenen fünfzehn Tage.

„Aber sechs weitere haben sie weitergegeben und das ist schon alarmierend.

„Niemand kann an Birds Ehrlichkeit zweifeln: Erstens, weil er es gezeigt hat; zweitens, weil der Wert dessen, was Sie hier hinterlassen haben, viel höher ist als das Geld, das wir Ihnen für Käufe geben, muss Ihr Verlassenwerden daher endgültig verworfen werden.

„Und wenn wir dies beseitigen, haben wir nur den beunruhigenden Verdacht, dass er möglicherweise einen Unfall oder einen Raubüberfall auf der Straße erlitten hat, um ihm das zu entziehen, was er gefahren hat.

„Das ist überwältigend, erstens, weil das Leben unseres Partners mehr wert ist als alles, was er ertragen kann, und zweitens, weil es uns in Sorge zurücklässt, nicht nur darüber, was mit ihm passiert sein könnte, sondern wie und wann.

"Wenn es bei der Rückkehr war, besteht kein Zweifel, dass er die Aufzeichnungen rechtlich überprüft hat und wir uns keine Sorgen machen müssen, aber wenn der Unfall oder Angriff schon einmal vollzogen wurde, in welcher Situation befinden wir uns und wo? Sind das unsere Eigenschaften?

„Bis jetzt weiß niemand davon und es gab keine Angst, was mit dem Grundstück passieren könnte; Aber wir dürfen nicht vergessen, dass er die Pläne und alle notwendigen Unterlagen bei sich trug, um die Registrierung zu überprüfen, und dass, wenn all diese Daten in skrupellose Hände geraten wären, jemand uns zuvorkommen und alles in seinem Namen registrieren könnte und uns der Gnade der Beute eines jeden Bastards.

Und das sollte uns beschäftigen. Dies sind zwei beunruhigende Dinge, sowohl in Bezug auf Birds Leben als auch auf unsere Grundstücke.

„Und ich frage alle, was kann und sollte getan werden, um zu klären, was passiert ist?

Jemand kam nach vorne und sagte:

„Wir denken, die Sache ist klar, Leslie. Jemand muss nach Hutchinson gehen, um herauszufinden, was passiert ist, und herauszufinden, was mit Bird und der Platte passiert ist.

„Ja, das scheint das Richtige zu sein.

„Aber die Frage ist, wer geht.

„Darum frage ich, wer geht.

„Die Mission ist heikel, wir verstehen sie", fuhr der Sprecher fort, „aber Bird ist abwesend, und wir glauben, dass niemand besser geeignet ist als Sie, diese Mission zu erfüllen.

„Sie tun mir eine große Ehre, indem Sie mich als die geeignetste hervorheben, aber wir müssen nicht nur die Gefahr berücksichtigen, bei Gefahr zu laufen, denn das macht mir nicht viel Angst, sondern auch meine Interessen und andere intimere Dinge. Ich müsste meine Ländereien verlassen lassen zu einer Zeit, in der sie eifriger gepflegt werden müssen und ich muss daran denken, dass ich hier eine Frau zurücklassen müsste, die drei Jahre damit verbracht hat, Tag für Tag die Zeit zu zählen, bis wir heiraten und das wenn mir unweigerlich etwas passierte, blieb es sich selbst überlassen. Nicht für mich, sondern für sie habe ich Angst.

„Es stimmt, aber … Margaret ist nicht allein, denn sie hat ihren Vater. Wir können schwören, uns auf unbestimmte Zeit um Ihre Ernte zu kümmern, wenn Ihnen etwas passiert, mit dem Sie nicht im Stich gelassen werden. Es ist wahr, dass er Sie verlieren kann, was mit nichts bezahlt werden würde, aber denken Sie über die Situation nach. Wenn jemand einen Unfall von Bird ausnutzt und die Unterlagen beschlagnahmt, um dies auf seinen Namen, Sie, uns, Ihre Verlobte und Ihren zukünftigen Schwiegervater zu registrieren, wären wir in einer schlimmeren Situation als bei unserer Ankunft hier und im Leben denn alles wäre die Hölle. Sie könnten uns legal hier rauswerfen, und was würden wir dann tun, wenn wir alles aufgeben müssten, was uns viel Schweiß gekostet hat?

„Ich weiß, dass Sie Grund haben werden zu sagen, dass wir jeden anderen mit dem gleichen Recht bitten können, was wir von Ihnen verlangen, aber nicht alle von uns sind für bestimmte Missionen gültig. Die Erde zu graben, zu bewässern, die Stacheln zu ernten und zu sammeln, kann jeder tun, egal wie wenige Lichter er hat, bestimmte Dinge zu lösen, die eine bestimmte Illustration und einen entsprechenden Charakter erfordern, um dies zu erreichen, ist nicht für jeden verfügbar. Wenn es darum ginge, jemanden zu suchen, der entschlossen war, ihm den Revolver an die Brust zu drücken und ihn zu erschießen, würde ich mich sofort anbieten, weil ich viel Mut dazu habe.

Leslie schwieg. Die Argumentation des Kolonisten war nicht ohne Logik. Die Angelegenheit konnte dramatisch kompliziert sein und nicht jeder hatte die geeigneten Bedingungen, um zu versuchen, sie zu lösen.

Und da sein Instinkt, sein Erbe zu bewahren, stärker war als seine persönliche Angst, da er abschätzte, was es für seine Zukunft bedeuten könnte, seines Eigentums beraubt zu werden, traf er eine entscheidende Entscheidung. Er würde eine solche Mission übernehmen und dieses Glück würde über ihn wachen.

„Okay", sagte er. Ich werde das Opfer für alle bringen, aber ich hoffe, dass jeder einzelne von Ihnen dem Versprechen treu bleibt und dass Sie in meiner Abwesenheit sowohl meine als auch Ihre eigenen Interessen wahrnehmen. Was die Zukunft angeht, wenn mir etwas Unwiederbringliches passiert, vertraue ich auch darauf, dass meine Verlobte und mein zukünftiger Schwiegervater nicht im Stich gelassen werden.

„Wir schwören feierlich, dass dies nicht passieren wird. Wir sind uns alle einig?

Die Kolonisten schworen mit erhobenen Armen, ihr Versprechen zu erfüllen, und Leslie machte sich auf den Weg nach Hutchinson, um herauszufinden, was mit Bird passiert sein könnte und in welchem Zustand sich das Verzeichnis seiner Besitztümer befand.

Margaret schrie zum Himmel, als sie von der Entscheidung ihres Verlobten erfuhr, aber er stand fest zu ihr und antwortete:

„Er denkt, dass Bird das Gleiche für alle getan hat und dass jemand in seine Fußstapfen treten und diese Angelegenheit lösen muss, wenn er in seinem Unterfangen gescheitert ist und sogar etwas Unwiederbringliches erlitten hat. Wenn man für so einen Mann etwas tun kann, muss man es versuchen. Überlegen Sie andererseits, was aus uns werden würde, wenn wir unsere Arme verschränken und jemandem erlauben würden, gnädig zu greifen, was uns gehört. Ich könnte nicht mit der Angst leben, nicht zu wissen, ob ich mein eigenes Land betrete oder geliehen bin, und jeden Moment können sie mich wie einen Usurpator hier rauswerfen.

„Ich glaube, Bird hat einfach einen Unfall erlitten, aber wir müssen versuchen, dies zu klären und gleichzeitig zu klären, ob es vor oder nach der Überprüfung des Datensatzes war.

„Ich werde nicht wie er mit dem Wagen reisen, sondern zu Pferd. Dies hat zwei Vorteile; erstens, dass der Karren keine Beute erweckt, weil er nicht existiert; ein anderer, dass ich mich auf dem Pferd freier bewegen kann und die Reise sogar in kürzerer Zeit als Bird zurücklegen kann.

„Natürlich geht die Zeit, die man auf der Reise gewinnt, vielleicht verloren, um herauszufinden, was passiert ist, aber es wird keine Zeitverschwendung sein, ganz im Gegenteil.

„Ich bringe Proviant für die Reise mit und da ich noch etwas Geld übrig habe, werde ich es für die Ausgaben übernehmen, die ich während meines Aufenthalts dort haben könnte. Ich hoffe, ich habe genug, um ein schönes Armband zu erwerben, das Sie an dem Tag tragen können, an dem wir heiraten.

Margaret musste sich damit abfinden, ihren Verlobten gehen zu lassen, und er machte sich am nächsten Morgen auf den Weg. Der Siedler, von seltsamen Vorahnungen gepackt, reiste gequält und dachte an den energischen Vogel. Er würde es von ganzem Herzen bedauern, dass dem alten ehemaligen Karawanenfahrer etwas Unwiederbringliches passiert war, nur um die Interessen seiner Gefährten zu legalisieren.

KAPITEL V

LESLIE BEKOMMT EINE ÜBERRASCHUNG

Müde, extrem erschöpft und düster erreichte Leslie Hutchinson in den geplanten fünf Tagen. Er hatte tägliche Fahrten von etwa fünfundzwanzig Meilen zurückgelegt, um Zeit zu gewinnen, falls ihm dieser Gewinn von Nutzen sein konnte.

Er kam mitten am Nachmittag an und da die Kanzlei erst am Morgen arbeitete, nutzte er die Zeit, um sich eine wohlverdiente Ruhepause zu gönnen. Vielleicht fehlten ihm später die Geschäftszeiten zum Ausruhen.

Am Morgen, nach dem Frühstück, verließ er den Gasthof und fragte, wo die Standesämter seien. Er kannte die Stadt nicht und jemand musste ihn führen. Als er sich auf den Weg zum Ziel machte, beobachtete er, wie sich alles vor seinen Augen entfaltete. Er hatte die Gewohnheit verloren, sich in dicht besiedelten und weitläufigen Gegenden zu bewegen, und er betrachtete sich selbst als Schiffbrüchiger an einem so großen Ort.

An der Tür blieb er stehen, um zu meditieren. Nach seinen Berechnungen müssen ungefähr achtzehn Tage vergangen sein, seit Bird die Aufzeichnungen überprüfen musste. Da es der 8. Mai war, musste der Besuch am 20. April erfolgen. Es war niemand am Fenster der Kanzlei, und als er sich dem Mitarbeiter näherte, sagte er:

„Entschuldigen Sie, wenn ich Sie belästige, aber die Notwendigkeit zwingt mich, mich zu erkundigen, ob hier am Ufer von Smoky Hill ein Nachweis über Landbesitz verifiziert wurde.

„Nennen Sie mir den Namen der Person, die für die Überprüfung der Registrierung verantwortlich ist, und das Datum der Registrierung.

„Das Datum musste vom 20. bis 22. April sein und die Person, die für die Überprüfung verantwortlich ist, heißt Victor Bird, aber nicht genau in seinem Namen, sondern im Namen einer Gemeinschaft von hundert Siedlern, die sich dort niedergelassen haben.

„Er hatte einen Plan mit der Verteilung der Pakete, den Namen der Begünstigten und sogar dem Namen der Stadt Abilene. Vielleicht erinnert er sich an diesen Namen und die Tatsache, dass sich so viele Siedler niedergelassen haben.

„Der Name dieser Stadt kommt mir tatsächlich bekannt vor, aber ich erinnere mich nicht daran, eine so umfangreiche Reihe von Aufzeichnungen überprüft zu haben. Warte trotzdem und ich werde die Bücher zu Rate ziehen.

Er suchte nach Daten über die von Leslie angegebenen Daten, während dieser mit dem Herzen in der Faust die Manöver des Kanzlers eifrig verfolgte. Die Tatsache, dass er sich an den Namen des Dorfes erinnerte, aber nicht so viele Namen eingeschrieben hatte, beunruhigte ihn.

Schließlich zeigte der Angestellte, der ihm ein umfangreiches Buch mit den verifizierten Aufzeichnungen zeigte, aus:

„In der Tat, hier ist es. Die Inschrift wurde am 21. April um 10.40 Uhr morgens verifiziert, der Ort ist in einer beigefügten Karte angegeben, wo die Siedlungsgrundstücke der Siedlungen sind, der Name der Stadt, den Sie mir gegeben haben. und einige andere Details, wie zum Beispiel ein Stück ungenutzte Prärie, das dazu bestimmt ist, eine Ranch zu bauen, aber die Registrierung ist weder auf den Namen dieses Mr. Bird, den Sie angeben, noch auf den Namen der Siedler, die sich auf dem Land niedergelassen haben. Der Datensatz wurde, wie Sie sehen können, im Namen von Adam Greene verifiziert.

Leslie hatte das Gefühl, als ob ein riesiger Berg auf seinen Kopf prallte und ihn fassungslos zurückließ. Er hätte alles erwartet, außer diesem gewaltigen Schlag, der die Angst, die er hegte, seit Bird nicht mehr zum geplanten Termin auftauchte, in eine gewaltige Realität verwandelte.

„Wollen Sie damit sagen, dass … die Aufzeichnung nur im Namen … dieser Person geführt wird und dass die Siedler, die sich im Dorf niedergelassen haben, dort überhaupt nicht aufgeführt sind?

„Stimmt, Sir. Er scheint sehr verwirrt zu sein.

„Verpasst ist nicht das richtige Wort, Sir. Es ist etwas Tieferes, das in meiner Brust ein Wutfeuer entzündet, von dem ich nicht weiß, wie ich es auslassen soll. Denn diese Aufzeichnungen, die Sie in gutem Glauben erstellt haben, sind das Produkt eines unsäglichen Diebstahls und wer weiß ob eines feigen Mordes. Die Person, die für die Überprüfung des Registers verantwortlich war, war diejenige, die ich bereits erwähnt habe, und zwar nicht in seinem Namen, sondern im Namen aller Siedler. Was er mir erzählt, lässt mich befürchten, dass jemand von dem Gegenstand seiner Reise erfahren hat und es auf die eine oder andere Weise geschafft hat, ihn zu beseitigen, indem er alle Pläne beschlagnahmt hat, das Land in seinem Namen zu registrieren und Eigentümer zu werden.

„Aber wenn dies der Fall ist, muss er sein Gesicht zeigen, und wenn er es tut, fürchte ich, dass er noch ein paar Stunden zu leben hat, um das Produkt seiner Beute zu genießen.

„Und da ich jederzeit beweisen kann, was ich sage, wäre ich Ihnen dankbar, wenn Sie mir sagen könnten, was getan werden kann, um diese Aufzeichnungen ungültig zu machen und die Dinge in die richtige Reihenfolge zu bringen.

„Oh, Sie fragen mich etwas, was ich für unmöglich halte! Hier wird festgehalten, was jeder präsentiert, um zu begründen, dass das eingetragene Land existiert und sich an dem bezeichneten Ort befindet. Das Register muss nicht wissen, ob es wirklich dem Vorgestellten oder einem anderen gehört, da es, da es nicht registriert ist, wie die Minen Eigentum des ersten ist, der die Eintragung vornimmt.

„Wenn nun, wie Sie vorschlagen, die Person, die für die Überprüfung dieses Registers verantwortlich ist, angegriffen und ausgeraubt oder ermordet wurde und das Verbrechen bewiesen ist und der Autor festgenommen wird und er gesteht, dann sind die Behörden aufgerufen, eine Entscheidung zu treffen, über die wir … teilnehmen. Wenn ein Richter entschied, dass eine nachgewiesene Usurpation vorlag und dass die Registrierung annulliert und einem anderen zugesprochen werden sollte, würden wir uns an die Bestimmungen der Behörde halten, aber nur auf diese Weise.

„Wenn Sie also glauben, dass die Dinge kriminell passiert sind, melden Sie den Fall dem Sheriff, ermitteln Sie, finden Sie das Opfer und den Usurpator und lassen Sie die Behörde die entsprechende Akte öffnen und ihre Entscheidung erlassen. Ohne eine höhere Ordnung können wir hier nichts tun, was gerechtfertigt ist.

Leslie reagierte und antwortete:

„Nun, vielen Dank. Ich bin gekommen, um diese Angelegenheit zu klären, und ich werde nicht ohne Erfolg ins Dorf zurückkehren, auch wenn ich das gesamte Land in Kansas entfernen muss. Der Schurke, der unseren Partner Bird eliminiert und sich das angeeignet hat, wird genießt seinen Raub nicht viel.

Und verzweifelt verließ er das Standesamt.

Von diesem Moment an wurde mühsame Arbeit auferlegt, um aufzuklären, was passiert war. Er musste wissen, was mit Bird passiert war, wie so etwas passieren konnte, und außerdem den Schurken ausfindig machen, der aus ihm unbekannten Umständen herausgefunden hatte, was am Ufer des Flusses vor sich ging, und ihn ausgenutzt hatte davon, um das Gelände in Ihrem Namen zu durchsuchen.

Und da er verstand, dass das erste, was getan werden musste, der Beschwerde einen rechtlichen Status verleihen musste, nicht nur, damit sie nach dem Imitator suchen, sondern auch etwas über den Aufenthaltsort des unglücklichen Vogels erfahren konnten, ging er zu das Büro des Sheriffs, um das Ereignis jetzt zu melden. Reichen Sie die Beschwerde ein, damit sich das Rad der Autorität schnell zu drehen begann.

Der Sheriff war ein dicker Mann, mehr als mittleren Alters, mit rotem Gesicht, widerspenstigen grauen Haaren und einem dornigen Schnurrbart, der den Eindruck erweckte, als hätte er ihm eine schmale, raue Bürste unter die Nase gelegt.

Aber er war ein einladender und freundlicher Mann, der im Dorf für seine Effizienz und seinen Scharfsinn bekannt war.

Er empfing Leslie mit aller Höflichkeit, und nachdem er ihn um Aufmerksamkeit für die lange Geschichte, die er vorhatte, gebeten hatte, gab er dem Star-Mann eine Aufzeichnung der gesamten Odyssee, die die Auswanderer erlitten hatten, bis es ihm gelang, diese Stadt an den Ufern von Smoky Hill, eine Stadt, die sich, wie er gerade erfahren hatte, ein skrupelloser Schurke angeeignet hatte, indem er sich alle Daten aneignete, die Bird für die Registrierung bei sich trug.

Als er seine Geschichte beendet hatte, fügte er hinzu:

„Jetzt denke ich, dass es in erster Linie darum geht, sich zu erkundigen, was mit unserem Kollegen passiert ist. Ich habe berechtigte Angst, dass er ermordet werden musste, um zu verhindern, dass er sich gegen die Plünderungen auflehnt und den Schurken, der die Papiere gestohlen hat, in Gefahr bringt. Verstehe, dass Bird, wenn es nur ein Raub gewesen wäre, auf der Kampagne gewesen wäre, um den Dieb abzufangen, und nichts davon ist passiert. Er ist nicht in der Stadt aufgetaucht, obwohl eine lange Zeit vergangen ist, und in der Kanzlei sind die ersten Nachrichten, die sie von dieser Nachahmung erhalten haben, vor einiger Zeit durch mich gekommen.

Der Sheriff, der ihm aufmerksam zugehört hatte, antwortete:

„Ich glaube auch wie Sie, dass Ihr Partner ermordet wurde, um seine Papiere zu stehlen und die Durchsuchung durchführen zu können, aber wo und wie? Bevor Sie Hutchinson erreichen oder danach?

"Wenn es vorher war, weiß jemand, an welchem Ort, der mehr als hundert Meilen von seinem Ausgangspunkt in unsere Stadt vermittelt hat, und wenn es hier war ... es ist schockierend, dass seine Leiche nicht gefunden wurde, obwohl es durchaus sein könnte." dass er es irgendwo in der Wildnis versteckt hatte, schwer zu registrieren.

„Und ich frage mich, was ich in diesem Fall tun kann. Es gibt nicht den geringsten Anhaltspunkt, um Ihren Partner zu finden, und ohne etwas Greifbares zum Handeln, wie führe ich ein Management durch?

„Sie könnten etwas tun und mich entschuldigen, wenn Sie mir erlauben, Ihnen meine Meinung zu sagen.

„Im Gegenteil. Jede Hilfe, die ich erhalte, werde ich zu schätzen wissen, denn ich bin nicht so eingebildet, dass ich glaube, dass das, was mir nicht einfällt, keinem anderen einfallen kann.

„In diesem Fall sage ich Ihnen, dass ich zwei Ansatzpunkte sehe.

Mal sehen welche.

„Eine besteht darin, herauszufinden, wer dieser Typ namens Adam Greene ist. Es ist keine Entelechie, Sie haben die Aufzeichnungen überprüft und waren hier, vielleicht sind Sie es immer noch oder jemand kennt Sie vielleicht. Ich vermute, dass ein Mann mit solch einem moralischen Zustand vor allem in den Spielhöllen und in den Häusern einer niedrigen Klasse bekannt sein kann. Sie sind unerwünscht, die in dieser Umgebung leben, weil sie sich in jeder anderen nicht wohl fühlen würden.

„Ich kann meine Kommissare schicken, um an den von Ihnen angegebenen Stellen Schritte zu unternehmen, aber, Mr. Simpson, es gibt etwas, das mir nicht in den Sinn kommt und was Sie durch die Nachricht ein wenig verärgert haben, ohne Zweifel nicht bemerkt haben.

"Die Tatsache, dass?

„Wenn Sie sicher wissen, dass die Kanzlei dies durch Aneignung von Dokumenten getan hat, denken Sie nicht an die dumme Art, dass sie das Land in Besitz zu nehmen scheint und sicher ist, dass es mit Nägeln und Zähnen und noch mehr empfangen wird, als indem Sie verlangen, dass es demonstriert. Wie konnten Sie die Akte überprüfen, wurden Sie des Mordes angeklagt, wenn Sie Ihren Partner umgebracht haben, um seine Papiere zu stehlen?

„In der Tat, Sheriff, ich habe darüber nachgedacht und die Wahrheit ist, dass ich das Spiel nicht verstehe. Wenn es ein verlassenes Land wäre, das von niemandem bewohnt würde, könnte es für ihn möglich sein, es ohne Gefahr in Besitz zu nehmen, aber angesichts von hundert betrogenen Männern, die wie hungrige Wölfe darauf fallen würden, halte ich es für eine unsägliche Dummheit.

„Oder vielleicht eine sehr subtile Klugheit, Mr. Simpson.

"Warum?

"Nun ... weil mir etwas einfällt, das es beweisen kann. Wenn er kein Idiot ist, muss er die Gefahr erkannt haben zu fliehen und daher die Unmöglichkeit, sich dieses Land ohne Risiko anzueignen. In diesem Fall haben Sie ein perfektes Ventil, um diese Gefahr abzuschütteln und zu vermeiden.

"Welcher?

„Verkaufe das Land an einen Dritten, auch wenn es für einen zu vernachlässigenden Wert ist, als er besitzt. Wenn Sie das Geld verkauft haben, stecken Sie das Geld ein und verschwinden von der Bildfläche, während der Käufer vor Ihnen zurückbleibt.

„Und wenn er dies getan hat, wenn der Verkauf auf der Grundlage der Zulassungsbescheinigung rechtmäßig erfolgt ist, ist der Erwerber frei von jeglicher Schuld und es kann nichts gegen ihn unternommen werden. Er kaufte in gutem Glauben und ist rechtmäßiger Eigentümer des Grundstücks, ohne in den Diebstahl der Papiere oder den Tod seines Partners, falls dieser ermordet wurde, eingegriffen zu haben.

„Und in diesem Fall wird er alle Verantwortung abschütteln, indem er Ihnen sagt, dass Sie im Falle eines Diebstahls dies aufklären und denjenigen strafrechtlich verfolgen, der ihn begangen hat, da er legal gekauft und bezahlt hat, was sie für die Übertragung dieser Rechte verlangt haben.

Leslie antwortete angespannt:

"Wie können Sie das herausfinden? Wenn Sie zugeben, dass Sie Recht haben, muss jede Eigentumsübertragung an die Registry zurückgehen, um den Eigentümer zu ändern, oder ansonsten würde das, was verkauft wurde, aus rechtlichen Gründen weiterhin Eigentum des Verkäufers bleiben.

„Das stimmt, und wenn Sie es einem Dritten gegeben haben und dieser es in gutem Glauben gekauft hat, haben Sie sich beeilt, das Land in Ihrem Namen zu registrieren. Wir können zur Registry zurückkehren und nachfragen, ob ein Eigentümerwechsel stattgefunden hat.

„Und wenn doch, wird es noch komplizierter, denn niemand kann Ihnen Ihr Eigentum wegnehmen, es sei denn, der Schurke, der den Diebstahl begangen hat, wird gefasst und erklärt, wie die Unterlagen in seine Hände gekommen sind angefochten werden, indem der Dieb zweimal strafrechtlich verfolgt wird, da er von Ihnen gestohlen und den Käufer betrogen hat.

„Damit wir versuchen zu klären. Sagen Sie mir jetzt, was der andere Hinweis ist, auf den Sie hinweisen wollten.

„Nun, Bird kam mit einem Karren, um ein paar Sachen mitzunehmen, die er hier kaufen sollte. Wenn das Ereignis in Hutchinson passierte, musste der Wagen irgendwo aufgegeben worden sein, und es wäre bekannt, ob er hier war oder angegriffen wurde, bevor er ankam.

„Der Vorschlag scheint mir richtig und ich werde mich sofort darum kümmern, Anfragen an die Gasthäuser in der Stadt und sogar an den Stadtrand zu senden, falls sie den verlassenen Karren finden. Wenn wir es lokalisieren, wäre es ein roter Faden, der uns weiterbringt und diese dunkle Materie beleuchtet.

„Und da mich Ihre Geschichte sehr interessiert hat, schauen wir mal, ob wir die Dunkelheit so schnell wie möglich ein wenig aufklären können.

„Warten Sie einen Moment auf mich, während ich meine Kommissare anweise, mit der Untersuchung des Verbleibs des Karrens zu beginnen. Dann gehen Sie und ich zurück zur Registry, um zu sehen, ob Sie uns dort weitere Details mitteilen können.

„Ich bin sehr dankbar für Ihr Interesse, Sheriff, und ich danke Ihnen nicht nur in meinem Namen, sondern auch im Namen all meiner Kollegen, die in diesem Moment mit ihrer Seele in einem Faden darüber nachdenken, was mit Bird passieren könnte sie würden bedeuten, dass nach zwei Jahren Blutspenden auf Mutter Erde ein Schurke kommen würde oder wer auch immer nicht ist, aber im Grunde ist es dasselbe und nimmt ihnen das, was ihnen sehr gehört.

„Und ich habe große Angst vor dem, was passieren könnte, denn weder sie noch ich sind bereit, Opfer einer Enteignung zu werden. Dies würde ein tragisches Schlachtfeld werden, da man sich vorstellen kann, dass hundert wütende Männer bereit sind, ihr Land mit allen Mitteln zu verteidigen.

„Ich übernehme die Verantwortung und wir werden sehen, was getan werden kann, um dieses Chaos zu beseitigen und die Gewässer in ihre legalen Kanäle zurückzuführen.

Er verließ das Büro, um einem seiner Kommissare, der sich vor den Büros sonnte, Befehle zu erteilen, und kehrte zu Leslie zurück und sagte:

„Es ist zwölf Uhr. Wir haben noch Zeit, zur Kanzlei zu kommen, bevor sie schließen; gehen?

„Ich bin zu Ihren Diensten.

Sie gingen zum Register. Als sie sich dem Fenster näherten, begrüßte der Angestellte den Sternenmann herzlich:

„Hallo Sheriff, wie geht es Ihnen hier?

"Ich komme, um zu sehen, ob Sie eine anscheinend sehr hässliche Angelegenheit klären, die sich anlässlich der Registrierung eines Grundstücks neben Smoky Hill ereignet hat.

„Oh ja! Jetzt, wo ich seinen Begleiter ansehe, erinnere ich mich an ihn und ich bin froh, dass du gekommen bist, denn beim Durchsehen der Bücher habe ich etwas gefunden, das mit dieser Platte zu tun hat.

„Ja? Mal sehen, was es ist.

„Einfach ein Besitzerwechsel. Am 24. erschien hier eine Person namens Ludwing Swan, ein Viehhändler mit Wohnsitz in einer Stadt namens Sterling, um in seinem Namen das Eigentum der Stadt namens Abilene mit dem gesamten umliegenden Land gemäß den hier hinterlegten ursprünglichen Plänen zu registrieren. Er brachte die notariell beglaubigte Kopie der Erwerbsurkunde mit und die neue Immobilie wurde in Übereinstimmung mit dem Gesetz registriert.

„Ich habe es beim Namen der Stadt in Erinnerung behalten, da die meisten Ländereien, die in das Register kommen, jungfräulich sind und keinen richtigen Namen haben.

Der Sheriff untersuchte die Inschrift und wandte sich an Leslie, die rot vor Wut war, und sagte:

„Ist dir klar, dass der Schurke nicht dumm war, sondern ein zu kluger Kerl? Er wusste, dass er in ernsthafter Gefahr war, das Land für sich zu beanspruchen, und er zog es vor, es jemand anderem zu geben, wenn auch mit weniger Gewinn. Siehe hier; Er hat es für zehntausend Dollar hergegeben.

"Es wird Schurken geben ...! Aber wenn das zwanzigmal mehr wert ist!

„Für dich ja, aber nicht für ihn. Zehntausend Dollar sind sicheres Geld, das andere ... war, sich seinem Gewicht in geschmolzenem Blei auszusetzen.

„Nun, wir haben schon etwas geklärt, obwohl es die Sache nicht vereinfacht, sondern komplizierter macht. Der Käufer wird sich nicht damit abfinden, auf seinen Erwerb zu verzichten oder ihm sogar das zu zahlen, was er für das Land bezahlt hat, und wenn die Dinge nicht gut laufen, um die Löschung der Registrierung zu ermöglichen, müssen sie sich mit dem neuen Eigentümer verständigen, Wem im Moment schützt das Gesetz. Später ... Gott wird es erzählen.

Sie verließen die Registry. Leslie schien fassungslos, weil er befürchtete, dass die Zeit kommen würde, in der er ins Dorf zurückkehren müsste, um seine Gefährten über die Tragödie zu informieren, die auf ihnen lag, und noch mehr fürchtete er, was passieren könnte, wenn sich der rechtmäßige Eigentümer des Landes vorstellte ihm. sie von ihren Feldern zu werfen oder ihnen nach Belieben einen Kanon aufzuerlegen, was die bisher erwirtschafteten schlechten Gewinne weitgehend schmälern würde.

Andererseits verließ die Erinnerung an Bird seine Vorstellungskraft nicht. Als sensibler Mann erkannte er, dass der unglückliche ehemalige Karawanenfahrer ein unschuldiges Opfer war, geopfert, um seinen Mitreisenden einen wertvollen Dienst erweisen zu wollen.

Schon an der Tür des Büros hörte der Sheriff auf zu sagen:

„Wie Sie sehen werden, kann im Moment nicht mehr getan werden. Wir müssen warten, bis meine Kommissare Nachforschungen anstellen, um zu sehen, ob sie den Karren oder irgendwelche Details entdecken, die beweisen, dass sein Partner hier war, und hier haben sie ihn der Pläne beraubt. Ich habe nicht viel Vertrauen, denn wäre er hier getötet worden, wäre seine Leiche gefunden worden und wir haben keine unidentifizierten Toten gefunden.

„Ich denke, es könnte ein neues Management versucht werden.

"Welcher?

„Finden Sie heraus, wer dieser Händler ist, der die Immobilie von Greene gekauft hat, um zu sehen, welche Hinweise er uns bezüglich des Typen geben kann, mit dem er es gekauft hat. Sie müssen ihn sicherlich kennen und etwas über ihn wissen.

„Sie haben recht, und da die Stadt nicht weit von hier ist, werde ich Sie vorladen, zu erscheinen. Wir werden sehen, was Sie uns sagen können, was von Interesse ist. Lassen Sie mich jetzt wissen, wo Sie wohnen, damit ich Sie wissen lassen kann, wenn ich etwas Wertvolles entdecke.

Leslie gab ihm die Adresse des Gasthauses, das sich nicht weit von den Büros befand, und die beiden gaben sich herzlich die Hand.

"Ich bin sehr dankbar für Ihr Interesse, Sheriff", sagte Leslie.

„Ich erfülle einfach meine Pflicht und hoffe, dass das Glück mit uns ist und wir diesen Buharro finden können. Er würde es bedauern, dass dies für seine Kollegen nicht gelöst werden konnte. Ich kümmere mich darum, was es für sie bedeuten kann, ihres Eigentums beraubt zu werden.

KAPITEL VI

EIN BAUERNHOF IST GERECHTFERTIG

Kurz vor dem Abendessen erhielt Leslie vom Sheriff eine Aufforderung, sich im Büro zu melden, und der besorgte Siedler eilte zu dem Termin.

Der Sheriff sagte sehr ernst:

„Wir haben schon etwas herausgefunden, Mr. Simpson, aber leider klärt das, was wir gefunden haben, nichts und ich glaube immer noch, dass es es noch mehr verdunkelt.

Wir haben vor einigen Tagen einen verlassenen Karren in einem Gasthausblock an der Plaza de los Sauces gefunden, und ich habe ihn gebeten, mich zu begleiten, um ihn zu untersuchen, ob er von seinem Begleiter ist. Aber wenn ja, können wir sonst wenig wissen.

„Nach dem, was der Wirt sagte, wurde es von einem sechzigjährigen Burschen dagelassen, von guter Statur, dunkel, mit grauem Haar. Er schlief im Gasthof und am nächsten Morgen stand er früh auf, verließ den Gasthof und kehrte zur Mittagszeit zurück. Er ging, kam abends zurück und ging gegen halb neun wieder, um nie wieder zurückzukehren.

Der Besitzer wartete auf die Rückgabe des Besitzers des Fahrzeugs, da er davon ausging, dass er es im Austausch für den Tag der Unterkunft nicht dort zurücklassen würde, da der Wagen viel mehr wert ist als die Lastschrift.

Wie er sagte, begann mich die Verspätung bereits zu beunruhigen und wollte die Tatsache erkennen. Das ist alles.

„Hast du gesagt, als es ankam?

Am 18. nachmittags und am 19. verschwand er.

„Die Adresse stimmt mit der unseres Kollegen überein, aber sie müssen den Namen angenommen haben.

„In der Tat, aber etwas Seltsames ist passiert. Die für die Bewertung der Einträge verantwortliche Person hat das Tintenfass im Buch umgedreht und es gibt zwei völlig unleserliche Namen. Einer ist der Besitzer des Fahrzeugs.

„Und Sie erinnern sich nicht an den Namen?

„Er sagt nein.

„Nun, wir können den Wagen untersuchen.

Sie gingen beide zum Gasthaus und sobald Leslie den schweren Rumpf vor sein Gesicht hob, rief er aufgeregt:

„Das ist Bird's, Mr. Sheriff… ich kenne sie sehr gut.

„In diesem Fall bleibt nur noch herauszufinden, was aus seinem Besitzer geworden ist. Wie gesagt, ich habe nicht die leiseste Nachricht, dass damals eine Leiche gefunden wurde, ohne diesen Namen zu identifizieren oder zu identifizieren. Wir müssen zugeben, dass er, wenn er ermordet wurde, von hier weggebracht und bei einem Unfall am Boden versteckt wurde. Ich werde die Erkundung der geeigneten Orte anordnen müssen, um eine Leiche zu verstecken.

„Hast du nichts über diese Adams Eule herausgefunden?

„Es ist noch früh, aber ohne persönliche Zeichen ist es nicht so einfach. Allein durch seinen Namen musste er hier bekannt sein, damit einige Zeichen von ihm gegeben werden konnten.

„Ich kümmere mich um die Schwierigkeit und bedauere, dass ich Ihnen nicht helfen kann.

„Was meine Männer nicht erreichen können, werden Sie nicht erreichen.

"Vermutlich. Es bleibt mir nur, untätig daneben zu stehen und abzuwarten. Das Bedauerliche ist, dass ich aufgrund der Entfernung und der fehlenden Kommunikation keine Nachricht an meine Kollegen senden kann, um sie über das Geschehen zu informieren. Wenn es zu lange dauert, etwas Praktisches herauszufinden, werde ich gezwungen, ins Dorf zurückzukehren und zu berichten, was passiert, auch wenn ich später zurückkehren muss. Wenn es zu lange dauert, würden sie auch um mein Leben fürchten und Ich habe dort Verwandte zurückgelassen, die von meinem Schicksal betrübt würden.

„Wir werden versuchen, uns so schnell wie möglich zu beeilen. Ich habe meinen Partner in Sterling bereits eingetauscht, um Swan aufzuspüren und ihn zu zwingen, schnell hierher zu kommen. Vielleicht kann aus dem, was dieser Mann erklärt, ein neuer Lichtstrahl hervorgehen.

Leslie, hoffnungslos und trauriger und trauriger, dachte an das tragische Schicksal, das Bird erlitten haben könnte, und zog sich in das Gasthaus zurück. Er hatte keine Lust, das Dorf zu besuchen, schon gar nicht die Lagerhäuser, um etwas für seine Verlobte mitzubringen. Es reichte nicht aus, an überflüssige Ausgaben zu denken, als ihnen der drohende Ruin drohte.

Und wenn er darüber nachdachte, war seine Wut unendlich.

Als guter Siedler liebte er Mutter Erde, wie er sein eigenes Leben lieben konnte. Er hatte immer von der Anstrengung gelebt, sie zu kultivieren; das Land hatte ihm mehr oder weniger seine tägliche Nahrung geboten, und er konnte nicht auf dieses schweißgekratzte Stück Land verzichten, das all das Wohlergehen und Glück versprach, von dem er geträumt hatte, als es ihm gelungen war, Margaret zu heiraten.

Nicht! Er konnte sie nicht aufgeben und er würde nicht aufgeben. Weder Greene noch Swan noch sonst jemand würden ihm das Land entreißen, das die Grundlage seiner Existenz war, weil er ihn verteidigen würde, indem er gegen jeden schießt, unter dem Schutz des Gesetzes oder dagegen, wegen der Legalität, die Swan könnte sich auf eine an sich gerissene Legalität berufen.

Geschwächt setzte er sich in einen der vielen alten Korbstühle im Flur. Neben dem Stuhl stand ein breiter Tisch und darauf verstreut einige veraltete Zeitungen und ein paar ramponierte Zeitschriften aus dem Osten.

Mechanisch nahm er, ohne zu wissen, was er tat, eine Zeitschrift zur Hand, legte sie aber gleich wieder weg. Dann stöberte er in mehreren vielgelesenen Zeitungen, und als er die letzte verlassen wollte, weil ihm der Mut fehlte, Dinge zu lesen, die ihn nicht interessierten, stolperte sein Blick über eine Inschrift eines Ereignisses, das darin erzählt wurde.

Die Veröffentlichung wurde von einer Schlagzeile überschrieben, die lautete:

GEHEIMNISVOLLES VERBRECHEN

Ohne zu wissen warum, war er von dem Titel fasziniert und begann eifrig zu lesen. Als er erfuhr, dass der Verwundete in einer Gasse nahe der Plaza de los Sauces gefunden worden war, schlug sein Herz heftig, da sich das Gasthaus, in dem Bird übernachtet hatte, auf diesem Platz befand.

Und als er die Geschichte zu Ende gelesen hatte, bestand kein Zweifel, dass der schwerverletzte Mann, der in einem qualvollen Zustand ins Krankenhaus gebracht worden war, Bird war.

Und vielleicht erklärte dies die Behauptung des Sheriffs, indem er versicherte, dass keine unbekannte Leiche gefunden worden war. Er hatte ihn nicht gefunden, weil Bird lebend aufgegriffen und ins Krankenhaus gebracht worden war. Und jetzt fehlte zur Bestätigung seines Verdachts, ob der Verwundete gestorben war, ob er begraben worden war und ob es noch weitere Beweise gab, die seine Zweifel soeben geklärt hatten.

Hastig griff er nach der Zeitung und meldete sich beim Sheriff.

Dieser sah ihn blass und nervös an und fragte:

„Was ist los mit Ihnen, Mr. Simpson?

"Ich weiß es nicht. Ich glaube, ich habe einen Hinweis gefunden, um meinen vermissten Partner zu finden, aber ich zog es vor, ihn zu besuchen, damit er derjenige sein kann, der die entsprechenden Ermittlungen durchführt, wenn Sie nicht mehr wissen." konkret dazu.

Und er reichte ihm die Zeitung und sagte:

Siehe Datum. Die Zeitung ist vom 20. und Bird ist am 19. um halb neun verschwunden. Andererseits hielt er sich in der Posada de los sauces auf und die Leiche des Sterbenden wurde in einer Gasse in der Nähe des Platzes gefunden. Dies scheint zu behaupten, dass es Bird ist und dass er ermordet wurde, als er in seine Lodge zurückkehrte.

Der Sheriff antwortete nach Durchsicht des Dokuments:

„Es ist gut möglich, dass er Recht hat. Der Verwundete wurde im Morgengrauen gefunden und im Krankenhaus sagten sie mir, dass sie keinen Cent für sein Leben gaben. Sie erklärten sich bereit, mich zu benachrichtigen, wenn er starb oder sich erholte, und ich könnte aussagen, aber bisher haben sie mir keine Nachricht von ihm übermittelt. Die Wahrheit ist, dass er dieses Ereignis vergessen hatte und ich es nicht mit dem Verschwinden seines Partners in Verbindung brachte. Aber wir können dem sofort abhelfen, indem wir ins Krankenhaus gehen, um den Verwundeten zu sehen.

„Könnte er nicht gestorben sein und …?

„Ich glaube nicht, denn wäre ich gestorben, hätten sie mir die entsprechende Rolle gegeben.

"Aber sie haben ihn auch nicht angerufen, um eine Aussage zu machen.

„Stimmt, aber dies kann darauf hindeuten, dass er entgegen der Prognose der Ärzte nicht gestorben ist, obwohl seine Genesung bei der von ihm dargestellten Ernsthaftigkeit noch nicht erreicht ist und der Verwundete lebt, aber noch nicht sprechen kann.

„Wir werden ihn besuchen und wenn er der ist, den wir vermuten, wird der Fall geklärt. Ich vertraue darauf, dass, wenn er nach so vielen Tagen nicht gestorben ist, die Ärzte das Wunder vollbringen, sein Leben zu erhalten, und dass irgendwann die Wissenschaft in diesem Kampf gegen den Tod triumphieren wird. Kommen Sie also mit mir, obwohl die Zeit etwas spät ist, für mich sind alle Stunden gut, und niemand wird mir den Eintritt und die Untersuchung des Verwundeten verweigern.

Mit ihrer Seele am seidenen Faden begleitete Leslie den Sheriff. Er bat Gott in Gedanken, dass dieser Inkognito-Verletzte Bird sei und dass er weiterhin sein Leben konserviere, nicht weil er das über das Ereignis klären konnte, sondern weil er es verdiente, weiterzuleben.

Als sie im Krankenhaus ankamen, begrüßte sie der Wachmann mit der Frage:

„Was führt Sie zu dieser Stunde hierher, Sheriff?

„Ich erfahre, was mit einem schwerverletzten Mann passiert ist, der vor einigen Tagen in einer Gasse in der Nähe der Plaza de Los Sauces gefunden wurde und von dem Sie mir nicht die geringste Nachricht gegeben haben.

„In der Tat, Sheriff, aber es wurde noch kein Fall eingeleitet, um Sie zu benachrichtigen.

„Der Verwundete war dem Grab eine Woche näher als dem Leben, aber wie durch ein Wunder ist der Tod vermieden worden, da der Stich in den Rücken ihn an der Lunge und einem anderen Organ interessierte, was uns einen tödlichen Ausgang befürchten ließ.

Aber glücklicherweise scheint die Gefahr innerhalb der Schwerkraft nachzulassen, ohne dass dies bedeutet, dass sie noch nicht existiert. Der Verwundete ist stark wie ein Büffel und erholt sich langsam; er hat jedoch noch nicht das Bewusstsein wiedererlangt, und wir wissen auch nicht, wann er dazu in der Lage sein wird.

„Wenn es so weitergeht, ist es möglich, dass er in ein paar Tagen beginnt zu erkennen, dass er noch auf der Welt ist und vielleicht etwas sagt, aber bis jetzt ist es ein Körper, der ruhig atmet und sonst nichts.

„Aus diesem Grund konnten wir ihn nicht benachrichtigen. Er ist weder verstorben noch in der Lage, etwas zu erklären.

„Nun, zumindest sind die Neuigkeiten irgendwie nett, denn anscheinend rettet sich der arme Mann davor, ins Grab zu fallen.

„Ja, und ich vermute, wenn er uns zu dieser Zeit besucht, liegt es daran, dass er ihm etwas mitbringt, das mit dem Verwundeten zu tun hat.

„In der Tat, dieser Mann, der mich begleitet, vermutet, dass es ein Kollege von ihm ist, der hierher gekommen ist, um einige Formalitäten zu erledigen, und von dem sie seit seinem Abschied nichts mehr gehört haben. Wir sind gekommen, um es uns anzusehen, um zu sehen, ob es dasselbe ist.

„Sehr gut. In diesem Fall folge mir.

Er führte sie in einen kleinen Raum, in dem sich nur der Verwundete aufhielt. Es gefiel ihm nicht, dass es um ihn herum Lärm gab, und deshalb war er von anderen isoliert worden. Leslie warf einen kurzen Blick auf das geschrumpfte, bärtige, blasse Gesicht des Patienten, um ihn zu erkennen.

"Es ist das gleiche, Sheriff", sagte er mit einer von Emotionen verschleierten Stimme. Das ist unser Kollege Victor Bird.

"Ich war mir fast sicher", antwortete der Sheriff, "und ich glaube, dass diese Identifizierung die Geschichte vervollständigt.

Der Arzt fragte:

„Haben sie es geschafft herauszufinden, wer der Wilde war, der ihn erstochen hat?

„Ja, wir kennen den Namen und das Motiv, wir wissen nicht, wer der Kriminelle ist und wo er sich aufhält, aber wir werden versuchen, ihn ausfindig zu machen.

Und jetzt bleibt mir nur noch, Ihnen für das Interesse zu danken, das Sie alle für die Rettung dieses unglücklichen Mannes eingesetzt haben, und meine Bitte zu wiederholen, dass Sie es mir mitteilen, sobald er in der Lage ist, zu sprechen.

„Keine Sorge, so wird es gemacht.

Beide schüttelten dem Arzt die Hand und verließen das Krankenhaus.

Auf der Straße kommentierte Leslie:

„Jetzt bin ich unendlich glücklich, mich auf das Abenteuer eingelassen zu haben, diese nervige Reise zu machen. Ich kann diesen Mann nicht verlassen; und ich werde alles in meiner Macht Stehende tun, um mich um ihn zu kümmern, sobald er ins Dorf zurückkehren kann.

„Aber ich befürchte, dass das noch lange so weitergeht und mich zu einer neuen Reise zwingt. Ich kann nicht hundert Männer im Ungewissen lassen, nicht nur über das, was mit Bird passiert ist, sondern auch darüber, was mit mir passiert sein könnte, wenn ich zu lange brauche, um zurückzukehren.

»Wenn Sie ein paar Tage oder drei warten können, können wir vielleicht in dieser Zeit etwas herausfinden. Ich warte auf eine Antwort von Sterling, damit der Käufer dieser Platte erscheint, um zu sehen, was er uns sagt; und was den sogenannten Adam Greene betrifft, so werde ich im ganzen Bezirk Befehle erteilen, damit die Sheriffs aufmerksam sind, falls er irgendwann irgendwo auftaucht, wo er auffindbar ist.

Vorerst gebe ich Ihre Beschwerde zu und beschuldige Sie des versuchten Mordes und Raubes. Wenn er auftaucht, hoffe ich, dass er keine tolle Zeit hat.

„Zwei oder drei Tage und sogar vier oder fünf kann ich warten. Meine Kollegen wissen oder vermuten, dass die Mission, die ich bringe, mühsam sein kann, und während dieser Zeit werden sie sich nicht sehr nervös fühlen. Ich möchte hier nicht weggehen, ohne mit Bird sprechen zu können und zu wissen, wann er am wenigsten aus dem Wald ist.

„Wenn er sich wie vom Arzt angegeben weiter erholt, ist es möglich, dass er bis dahin in der Lage ist, eine Aussage zu machen. Es wäre sehr interessant, die Informationen mit dem, was Sie sagen, zu ergänzen.

Bewaffnen Sie sich also mit Geduld und behalten Sie Ihre Nerven. Im Moment scheint das Leben Ihres Partners sicher zu sein, und das ist bereits ein Gewinn zu Ihren Gunsten. Wir werden sehen, ob wir andere positive Ergebnisse erzielen können, die es uns ermöglichen, diesen verdammten Rekord zu annullieren und ihnen ihr Land und die Ruhe zurückzugeben, die sie verlieren.

„Ich wünschte! Seien Sie so, Sheriff, denn sonst habe ich Angst, dass dort am Fluss sehr unangenehme Dinge passieren.

Sie verabschiedeten sich und Leslie bereitete sich darauf vor, auf weitere Ereignisse zu warten, falls sie eintraten.

Er hatte sich des Schicksals von Bird versichert; aber das sehr ernste Problem des Besitzes seiner Ländereien blieb bestehen, und dieses überwältigte ihn.

Der nächste Tag war ein leerer Tag. Ungeduldig besuchte er das Krankenhaus, wo ihm gesagt wurde, dass es Victor immer noch mehr oder weniger ging, aber langsam besserte.

Und am nächsten Tag erhielt er eine Aufforderung vom Sheriff, sich dringend in ihren Büros zu melden.

In der Hoffnung, dass der Sheriff es geschafft hatte, etwas über Adam herauszufinden, tauchte ein großer, flexibler, dunkler, entschlossen aussehender, relativ elegant gekleideter Bursche schnell in den Büros auf, in denen sich der Sheriff traf.

Der Sheriff stellte den Fremden vor und sagte:

»Er hat Sie Mr. Ludwing Swan vorgestellt, der gerade auf meine Präsentationsanordnung aus Sterling eingetroffen ist. Dieser Mann ist Leslie Simpson, einer der Siedler, die sich in Abilene niedergelassen haben.

„Schön, Sie kennenzulernen", sagte Swan lächelnd, als er dem Siedler die Hand reichte.

Er schüttelte es sanft, ohne Erguss, obwohl er wusste, dass der Menschenhändler nicht an der ärgerlichen Situation schuld war, die ihn bedrückte.

„Nun, Mr. Swan, da es interessant war, dass Mr. Simpson bei unserem Interview anwesend war, da er daran interessiert ist, habe ich unser Gespräch über den Grund Ihres Anrufs lange hinausgeschoben. Jetzt können wir es tun, ohne das Gespräch noch einmal wiederholen zu müssen.

„Nach dem, was ich im Register überprüfen konnte, haben Sie in Ihrem Namen ein bestimmtes Stück Land am Ufer des Smoky Hill registriert, auf dem hundert Siedler eine Stadt namens Abilene gegründet haben, nicht wahr?

"Mit Recht.

„Und Sie wurden von einem Typen namens Adam Greene verkauft, richtig?

"Dies ist in der Registrierung angegeben.

„Wie hat Adam dir dieses Schnäppchen gemacht?

„Weil er Geld brauchte, sagte er.

„Kennen Sie Adam von etwas anderem als dieser Operation?

„Nun … wie man ihn kennenlernt, ich kannte ihn, aber nicht viel. Ich habe ihn ein paar Mal hier in den Spielhöllen gesehen, aber unsere Behandlung war keine Freundschaft.

„Welchen Grund gab es für mich, Ihnen diesen Verkauf anzubieten?

„Vielleicht in dem Wissen, dass ich nach einem Ort suchte, der mich nicht teuer kosten würde, um eine kleine Ranch zu bauen und das Vieh, mit dem ich verkehre, unterzubringen. Manchmal ist es nicht einfach, ein Stück Vieh zu kaufen und es gleichzeitig zu verkaufen, und das stellte für mich ein Problem dar, das Vieh zu platzieren, während ich es verkaufen konnte.

Und wusste er es? Hattest du es ihm gesagt?

„Tu es nicht. Er hat an diesen Orten mehrmals von der Notwendigkeit gesprochen, dieses Land zu finden, und er muss es gehört haben. Deshalb hat er es mir angeboten.

„Wussten Sie, woher diese Immobilie stammt?

„Ich? Warum musste er es wissen?

„Es ist immer interessant zu wissen, woher das, was man kauft, stammt, vor allem, wenn es so großzügig angeboten wird, denn man hat kalibriert, dass eine Stadt mit hundert bewirtschafteten Grundstücken und einer Wiese zur Gründung einer Ranch viel mehr wert ist." als die. Mindestbetrag von zehntausend Dollar, den er ihr gab.

„Wenn Sie unter Gelddruck stehen, werden viele Dinge für weniger Wert verkauft, manchmal Vieh zu einem niedrigeren Preis, als Sie dafür bezahlen, und wenn Sie ein Mann sind, der Geld braucht, ist dies gerechtfertigt.

„Moment mal. War es nicht schockierend, dass eine eine Woche zuvor angemeldete Immobilie so dringend und zu einem so günstigen Preis angeboten wurde?

„Ich musste mich nicht in die Privatangelegenheiten des Verkäufers einmischen. Dieser hatte die Registrierung dieses Landes in Auftrag gegeben, ich kaufte es von einem Notar, da es akkreditiert ist, und fuhr fort, es auf meinen Namen zu registrieren. Alles was mich betrifft, wer es mir verkauft hat, betrifft mich nicht.

„Möglicherweise, ja, Mr. Swan, weil dieses Land im Namen von Adam Greene registriert wurde, durch einen Attentatsversuch und den Diebstahl aller Dokumente, die das Opfer bei sich trug, um das Register im Namen der 100 dort ansässigen Siedler zu überprüfen.

„Und er muss denken, dass es ihn treffen könnte, denn wenn Greene verhaftet wird und er gesteht, wie es sein muss, dass er tatsächlich versucht hat, den Träger der Pläne zu ermorden und sie zu stehlen, um das Land in seinem Namen, der Behörde, zu durchsuchen Die Rechtsabteilung muss die Tatsache berücksichtigen, und es würde sicherlich die primitive Aufzeichnung annullieren, die von diesem Kauf beraubt würde, dass, wenn es wie ein gutes Geschäft erschien, es in ein sehr schlechtes umgewandelt würde.

Swan empörte sich, als er den Sheriff hörte.

"Hey, ich kenne den Ursprung dieser Registrierung nicht, und es interessiert mich auch nicht, ich weiß nur, dass ich sie gekauft, bezahlt und ordnungsgemäß registriert habe. Das Land gehört mir und ...

„Sei nicht verärgert, denn du kannst die Dinge nicht aufregen. Das Gesetz erreicht jeden mehr oder weniger, und wenn jemand einen Gegenstand stiehlt und verkauft, fallen beide unter denselben Code. Derjenige, der in größerem Umfang gestohlen hat und der, der dies in gutem Glauben getan hat, wird nicht die Härte einer strafrechtlichen Sanktion erleiden, sondern verliert, was er für das Objekt bezahlt hat, da es einen bestimmten Eigentümer hat und er es nicht verkauft hat, sondern dass es gestohlen wurde, aber wenn der Erwerb in Kenntnis der Herkunft des Objekts erfolgte, dann erreicht der Code beide.

„Dies sollte ihm in den Kopf gesetzt werden, damit er nicht irregeführt wird, wenn die Dinge dorthin gehen, wo sie hin sollen, und das Land seinen wahren Besitzern zurückgegeben wird.

Und würde ich diese zehntausend Dollar verlieren?

„Sie können gegen denjenigen vorgehen, der Sie betrogen hat, indem Sie Ihnen verkaufen, was Ihnen nicht gehört, und doppelt strafrechtlich verfolgt werden. Wenn Sie kreditwürdig sind, würden Sie das, was Sie zu Unrecht bezahlt haben, zurückbekommen.

„Ist ein Typ, der zehn verkauft, für ein Lösungsmittel Lösungsmittel?

"Ich schätze nicht, aber ... ehrlich gesagt würde ich nicht blind kaufen, wenn sie es mir anbieten würden, ein brillanter Wert von tausend Dollar, Prozent, weil man immer vermuten kann, dass die Herkunft nicht ganz klar ist.

„Es gab eine Rechtsakte, die das garantierte.

„Eine gesetzliche Eintragung ist gewissermaßen der Eigentümer einer Sache, solange nicht das Gegenteil bewiesen wird.

Und bin ich derjenige, der verlieren muss?

"Er ist dem ausgesetzt, sobald es zuverlässige Beweise für den Diebstahl gibt. Wenn dies geschieht, können Sie zehntausend Dollar verlieren, aber gleichzeitig wird jemand sein Leben verlieren.

„Das Leben dieses Buharro ist mir egal, was mir wichtig ist, ist mein Geld.

„Ich bin nicht egoistisch und bin bereit, dass diese Siedler und ich eine Einigung erzielen, wenn, wie Sie sagen, das Land auf ihren Namen registriert werden soll. Wir beide wurden betrogen und es ist fair, dass wir alle ein wenig Verluste erleiden.

„Wenn sie wollen, werde ich von ihnen nicht mehr verlangen, als ich für das Land bezahlt habe. Dass sie mir alle für das Eigentum an ihren Parzellen die zehntausend Dollar zahlen, die ich bezahlt habe, was nicht viel zwischen hundert ist, und dass sie das Stück Wiese frei lassen, um die Ranch zu bauen und mein Vieh zu halten. Ich glaube, ich habe Recht.

Aber Leslie griff ein und antwortete:

„Dieses Ding, das Sie in Fantasiegrund stecken, weil wir die wahren Eigentümer des Landes sind, müssten wir die zehntausend Dollar zu Ihren Gunsten verlieren und Sie würden, anstatt zu verlieren, dieses Stück Prärie gewinnen, das dem gleichen Betrag entspricht Land, das wir gemeinsam besetzen.

„Natürlich verliere ich. Ich könnte das für das Vier- oder Fünffache des Preises verkaufen.

„Er würde es verlieren, wenn der Kauf legal gewesen wäre, aber da es nicht der Fall ist, ist dieser Glaube so frustriert, dass er ihn davor warnt, ihn schnell zu verkaufen, um diese Last loszuwerden, weil er keinen Erfolg haben wird. Das Register hat eine Anordnung, das Eigentum an diesem Land zu immobilisieren, bis in irgendeiner Weise geklärt ist, wer der wahre Eigentümer sein kann oder sollte.

„Und wie wird das geklärt und wann?

„Wenn Adam erwischt wird und erklärt, was er zu sagen hat. Erst dann haben die Richter das letzte Wort.

„Was ist, wenn dieser Mann nicht hinschaut oder ... tot auftaucht?

„Warum sollte er tot erscheinen?

„Es ist eine Annahme, zumal er ein Mann mit einem zweideutigen Leben ist, der Spielhöllen besucht, trinkt, hart spielt und kämpft. Eines Tages kann jemand zwei Unzen Blei in seinen Körper geben und dann ...

„Der Himmel kann auch über uns versinken oder ein Erdbeben auftreten, das uns alle vernichtet. So weit kann ich nicht gehen, solange mich die Realität nicht dorthin führt.

„Gut, aber da wir uns an den Moment halten müssen, ist der Moment eins und er ist klar. Solange nicht das Gegenteil bewiesen ist, bin ich Eigentümer dieses Landes und kann als Eigentümer und Herr darüber verfügen.

„Bis zu einem bestimmten Punkt. Sie können nicht versuchen, es zu verkaufen, weil der Verkauf in der Registrierung nicht akzeptiert würde und weil die Siedler nicht bereit sind, es zu kaufen, weil es Ihnen gehört.

„Aber ich habe das Recht, sie von dort auszuweisen, wenn sie sich weigern, eine Vereinbarung zu treffen und es an denjenigen zu vermieten, der gerade genug Miete zahlt.

„Ich hoffe, er resigniert und versucht es nicht. Er würde der Feindseligkeit von hundert verzweifelten Männern begegnen, und ich glaube nicht, dass er in der Lage ist, sich ihnen mit Gewalt aufzudrängen.

Die Wut des Schmugglers wuchs jedes Mal, wenn der Sheriff ihn mit Argumenten konfrontierte, die seine Ansichten zunichte machten.

Und außer sich brüllte er:

„Was passieren kann, ist mein Ding. Ich bin der rechtmäßige Eigentümer dieses Landes und werde tun, was ich für richtig halte, solange nichts Größeres als meine Stärke und mein Recht dies verhindert. Wenn das Schwein Adam der Schuldige ist, dann finde ihn, rette ihn, aber lass mich in Ruhe.

„Wir werden dich suchen und wenn möglich hängen lassen, aber damit wirst du nichts gewinnen, denn wenn du wegen Verbrechens und Raubes angeklagt und gehängt wirst, werden die Richter die Registrierung annullieren und anordnen, sie auf den Namen der Siedler auszustellen . Vergiss das nicht, damit du dir keine Hoffnungen machst.

Vielen Dank für diese gesunde Warnung. Ich wiederhole das, solange sich die Situation nicht ändert, und wenn ja, bin ich der rechtmäßige Eigentümer dieser Ländereien und werde als solche fortfahren. Die Hindernisse, die sie mir entgegenstellen wollen, werde ich sehen, wie ich sie beseitige. Und wenn Sie mir nichts mehr zu sagen haben, ziehe ich mich zurück.

„Nichts, es sei denn, Sie sehen sich an, was Sie tun, denn jetzt werden Sie nicht mit geschlossenen Augen handeln.

Swan stürmte aus dem Büro und ließ den Sheriff und Leslie zurück.

KAPITEL VII

VOGEL MACHT ERKLÄRUNG

Nach einem Moment der Stille kommentierte Leslie:

»Ich mag diesen Mann überhaupt nicht, Sheriff.

„Und ich auch nicht.

„Haben Sie Vorfahren von ihm?

„Keine, aber ich kann darum bitten.

„Ich denke, du tätest gut daran, es zu tun. Ich weiß nicht, warum ich davon überzeugt bin, dass er uns in einigen Dingen unverhohlen angelogen hat.

„Bei welchen?

„Erstens, indem ich leugne, dass ich Adam etwas näher kenne, als ihn in irgendeiner Spielhölle zu treffen. Ich bin sicher, Sie kennen ihn gut und wissen vielleicht sogar, wo er ist. Man kauft einem Fremden keine Sachen einfach so, ohne sich danach zu erkundigen.

"Sie glauben also, er weiß, dass die Durchsuchung auf der Grundlage eines Raubüberfalls durchgeführt wurde ...

„Wenn Sie es nicht wissen, müssen Sie es vermutet haben. Vielleicht war ihm nicht bewusst, dass der Raub das Ergebnis eines Attentats war, was die Sache noch schlimmer macht.

"Und ein Beweis dafür, dass er sich nicht sicher fühlt, ist das Kabel, das er uns reichte, damit wir die Grundstücke für das Geld kaufen konnten, das er bezahlt hat, und ihm die Prärie überlassen ... Wenn er diese Angst nicht gehabt hätte, würde er den Vorschlag nicht zum ersten Mal gemacht haben.

„Ich vermute auch das und noch etwas. Manchmal ist es sehr hilfreich, die Zunge zu haben, denn bestimmte Sätze können auf viele Arten interpretiert werden und bilden irgendwann eine eigene Schlinge.

"Was meinen Sie?

„Auf die Frage, die sie mit großem Interesse stellte, was passieren würde, wenn Adam ohne Zeit tot auftauchen würde, um sein Verbrechen zu gestehen.

"Es ist wahr, ich war nicht darauf hereingefallen.

„Deshalb sage ich manchmal, dass es besser ist, eine Sache zu denken, aber ihre Bedeutung abzuwägen, bevor Sie sie sagen. Er hat versucht, es zu rechtfertigen, indem er darauf anspielt, dass Buharro als Opfer eines Kampfes sterben könnte und sich ein Kampf mit Vorteil vorbereitet, um die Aktion zu gewinnen und sie loszuwerden.

„Es ist wahr, und wenn er Adam gut kennt und weiß, wo er zu finden ist, gibt es nichts, was ihn für den Verkauf, den er getätigt hat, vorwerfen könnte, aber er könnte es für immer festigen, wenn er Adam loswird, bevor Sie ihn erreichen können. Dann könnte der Diebstahl nicht nachgewiesen werden und die Akte wäre für immer fest.

„Es ist genau das, was ich dachte und das zwingt mich, harte Maßnahmen mit diesem Typen zu ergreifen. Ich werde vom Sterling Sheriff sehr konkrete Berichte über ihn bekommen und ich werde versuchen, jemanden hinter ihn zu bringen, der ihn für alle Fälle beobachtet. Wenn das stimmt, was ich denke, und er sich ausgedacht hat, den Verkäufer loszuwerden, um jede Möglichkeit der Enteignung des Eigentums dieser Länder zu verhindern, wird er uns selbst zu dem Mann führen, den wir suchen, und wer weiß, ob sogar durch Bei der Beilegung eines Konflikts wird ein anderer gefährlicher für ihn geschaffen.

"Solange mir der Sterling Sheriff die Berichte schickt, die er hat oder sammeln kann, werde ich einen meiner Kommissare in die Stadt schicken mit der Anweisung, im Schatten dieses Mannes zu bleiben, um zu sehen, ob er die Führung übernimmt." ihn am meisten interessiert uns zu fangen.

„Meinst du, das wird möglich sein?

„Ich weiß es nicht, aber es muss etwas getan werden, um es zu erreichen.

„Ich sage es, weil ich an etwas denke, das weise sein kann.

„Reden Sie, Sie haben sich einige nützliche Dinge einfallen lassen ... warum fallen Ihnen keine anderen ein?

„Danke für das gute Konzept, das Sie von mir haben. Ich habe darauf hingewiesen, dass es wert ist, berücksichtigt zu werden. Adam weiß, dass er Swan betrogen hat, oder zumindest, dass er ihn in eine schlimme Situation bringen kann, so schlimm, dass er ihn zwingt, ihn anzuzeigen. Ich denke, ich kann Ihnen versichern, dass dieser Schwan nach seinem Verbrechen sich des Schicksals bewusst gewesen sein wird, das sein Opfer möglicherweise erlitten hat, da er nur durch eine vollständige Tötung in Ruhe leben kann und daher sicher sein muss, dass er anhängig war um zu wissen, was mit Bird passiert ist.

„Das konnte ihr nur die Presse sagen, und es ist keine Illusion zu sagen, dass sie sich ihrer bewusst war und gelesen hat, wie mein Partner im Sterben aufgegriffen und ins Krankenhaus gebracht wurde. Da er nicht weiß, dass er gestorben ist, wird er gezwungen sein, sich zu verstecken, falls Bird in der Lage war, ihn zu denunzieren, und Swan dann wissen würde, dass er getäuscht wurde und nach ihm suchen kann, um ihn zur Rechenschaft zu ziehen für seine Taten mit ihm. Wenn möglich, würde ich Sie um einen Gefallen bitten.

"Welcher?

"Lassen Sie ihn hier in der Presse eine sehr sichtbare Veröffentlichung veröffentlichen, in der bekannt gegeben wird, dass der sterbende Mann, der in der Callejón de los Sauces gefunden wurde, nach vielen Tagen der Bewusstlosigkeit gestorben ist, ohne seine Angabe oder Identifizierung machen zu können Dies, was Adam lesen kann, würde ihn so beruhigen, dass er die Dunkelheit verlässt und sich wieder im Licht zeigt, sicher, dass niemand ihn des Verbrechens und Diebstahls beschuldigen könnte, und selbst Swan selbst hätte nichts zu tun ihm Vorwürfe machen, da der Kauf versichert wäre.

Es kann sein, dass meine Idee nutzlos ist, aber es könnte auch sein, dass es ein guter Köder war, ihn zum Beißen zu zwingen. Da es niemandem schadet, solche Nachrichten zu veröffentlichen, würde es uns helfen, diesen Kerl zu finden, wenn er funktioniert, da er, der glaubt, frei von allen Gefahren zu sein, nicht zögern würde, sich in der Öffentlichkeit zu zeigen, als ob er nichts getan hätte.

Der Sheriff sagte, nachdem er über den Vorschlag nachgedacht hatte:

"Ich denke, er hat recht. Es kann nur passieren, dass es nutzlos ist, aber es ist nichts verloren, wenn man es versucht. Heute werde ich mit dem Direktor der Zeitung hier sprechen, ich werde erklären, was ich will und ihn bitten, die Nachricht zu veröffentlichen. Ich Ich bin mir sicher, dass er das tun wird, denn wenn es funktioniert, wäre es ein guter Bericht für ihn zu einem mehr oder weniger entfernten Zeitpunkt.

„Danke, und da ich im Moment nicht glaube, dass mehr getan werden kann, werde ich Sie verlassen, obwohl ich Sie besuchen werde, um zu sehen, welche Neuigkeiten Sie mitbringen können.

„Ich habe vor, noch vier oder fünf Tage zu bleiben, um zu sehen, ob sich in dieser Zeit etwas ergibt, das die Situation klärt, und wenn nicht, werde ich in die Stadt zurückkehren, um meinen Gefährten Bericht zu erstatten, aber mit der festen Absicht, wieder hierher zurückzukehren und bewegen uns nicht, bis alles gelöst ist oder wir die Hoffnung verlieren, es zu bekommen.

Meine Reise wird dazu dienen, meine Gefährten auf der Hut zu haben, damit sie nicht von Swan überrascht werden, wenn er dort auftaucht und versucht, sie davon zu überzeugen, seine Grundstücke zu kaufen, auch wenn sie günstig sind. Sie konnten im Moment nicht, weil wir kein Geld haben und unsere Ernten noch ohne Verkauf eingelagert sind, aber vielleicht suchte er nach einem Trick, um sie zu jagen.

Und wenn es von den Mutigen Leuten präsentiert wird, die bereit sind, sich aufzudrängen, sind sie bereit, im gleichen Ton zu reagieren.

„Einverstanden. Ich gehe jetzt zur Zeitung und reiche meinen Bericht ein, damit mein Kommissar ihn zu Sterling bringen und dem Sheriff übergeben kann. Ich hoffe, dass sie vor Ort mehr erreichen als aus der Ferne.

Leslie verabschiedete sich mit einem kräftigen Händedruck vom Sheriff und kehrte zum Gasthaus zurück.

Jetzt fühlte er sich nicht mehr so pessimistisch wie zuvor. Birds Status schien vielversprechend und alles, was entdeckt wurde, schien ein solides Fundament für zukünftige Aktionen zu sein, die sie zu dem Erfolg führen würden, nach dem sie sich sehnten. Was ihn am meisten verbitterte, war die Abwesenheit von Margaret und der Gedanke, dass sie leiden könnte, weil sie ihren Aufenthaltsort ignorierte und was mit ihr passieren könnte, aber die Ereignisse erforderten es und er konnte nicht von der begonnenen Geschäftsführung zurückkehren.

Am nächsten Tag veröffentlichte die Lokalzeitung, wie der Sheriff versprochen hatte, an auffälliger Stelle und in markanten Schriftzeichen die Nachricht von Birds Tod. Im Text wurde betont, dass er keine Aussage machen konnte, so dass nicht bekannt war, wer er war und wer ihn hätte töten können.

Das war der Köder, um zu sehen, ob jemand beißen würde.

Adam war der Fisch, den sie hofften, mit dem falschen Haken zu fangen, denn wenn er die Lose las, würde er sich für völlig sicher und ohne jegliche Haftung halten.

Der Kommissar des Sheriffs machte sich auf den Weg, um seine Mission zu erfüllen, und am nächsten Tag trafen die ersten Berichte über Swans Persönlichkeit ein.

Nach Angaben des Sheriffs wurde er als Viehhändler aufgeführt, aber es gab Zweifel an seiner Ehrlichkeit als Händler. Seine Geschäfte wurden außerhalb der Stadt ausgeführt, so dass der Sheriff nicht wusste, wie er vorgehen sollte, betonte jedoch, dass er einmal von einer gestohlenen Rinderspitze interveniert wurde. Er hatte sich mit einer Quittung abgesichert, in der ein Viehzüchter als Verkäufer aufgeführt war, wobei sich später herausstellte, dass die Quittung gefälscht war.

Swan war ernsthaftem Ekel entgangen und behauptete, er habe das Vieh in gutem Glauben erworben, weil er glaubte, der Verkauf sei vom Teamvorarbeiter getätigt worden, der ihm die Quittung gegeben hatte. Der falsche Vorarbeiter konnte nicht ausfindig gemacht werden und die Sache wurde tot gelassen.

Swan hatte ein Team von einem halben Dutzend Männern, die sich um das Treiben des Viehs kümmerten, aber keiner von ihnen stammte aus dem Dorf, also konnte er nichts über dieses Team sagen.

Dies verstärkte nur die Bedenken des Sheriffs gegenüber dem Dealer. Er war immer mehr davon überzeugt, das Land gekauft zu haben, obwohl er wusste, dass der Verkauf nicht legal war, obwohl er nicht geahnt hatte, dass sich die Sache in einem so chaotischen und gefährlichen Zustand befand.

Zwei Tage später erhielt er einen neuen Bericht. Swan hatte das Dorf zusammen mit zwei anderen Männern verlassen, die zu seinem Team gehören sollten, aber die Richtung, die er eingeschlagen hatte, war unbekannt.

Da der Sheriff seinem Sheriff befohlen hatte, ihm zu folgen, war er zuversichtlich, dass er nicht den Überblick verlieren würde und ihm einen weiteren nützlichen Bericht schicken konnte.

Vier weitere Tage änderte sich die Situation nicht und Leslie, bereits nervös, wollte sich selbst auf seinen Feldern sehen, wenn auch nur für ein paar Tage, besuchte den Sheriff, um seine Absicht mitzuteilen, zu gehen, aber mit der Idee, Rückkehr, sobald er seine Gefährten über alles informiert hat, was passiert ist.

„Ich fahre morgen früh ab", sagte er, „aber bevor ich aufbreche, würde ich Bird gerne einen Besuch abstatten, um zu sehen, wie es ihm geht, und ich vertraue darauf, dass Sie sich um ihn kümmern und ihm sagen, wenn er in meiner Abwesenheit das Bewusstsein wiedererlangt ihm alles, was haben wir getan, warnen Sie ihn, dass ich in zehn oder zwölf Tagen zurückkehren muss und hier bleiben werde, bis es ihm gut geht und die Reise nach Abilene antreten kann.

„Keine Sorge, ich werde dafür sorgen, dass Sie gut informiert und gut versorgt sind.

Als sie am Nachmittag das Krankenhaus besuchten, war Leslie angenehm überrascht. Nach Angaben des Arztes hatte der Patient an diesem Morgen begonnen, Lebenszeichen zu zeigen, und zweimal nahm er seine Umgebung vage wahr. Der Arzt war zuversichtlich, dass er, wenn er so weitermachte, vielleicht am nächsten Tag eine Aussage machen könnte, wenn auch von kurzer Dauer.

Dies zwang Leslie, seine Abreise um einen weiteren Tag zu verschieben. Wenn Bird sprach, konnte er am nächsten Tag vollständig über das Geschehene informiert sein.

Und mit verschlingender Ungeduld ließ er die Stunden des nächsten Tages verstreichen, bis er und der Sheriff am späten Nachmittag ins Krankenhaus zurückkehrten.

Wieder begrüßte sie der behandelnde Arzt Bird mit den Worten:

„Er hat ganz gut reagiert und stimmt seine Worte ab. Er hat mir mehrere Fragen gestellt, die ich nicht beantworten wollte, um ihn nicht zu ermüden. Ich habe Ihnen gesagt, dass ich Ihnen heute Abend die Erlaubnis erteilen würde, zu sprechen, aber sehr wenig.

Er führte sie in das Zimmer, in dem sich der Verwundete befand. Er sah besser aus, denn jemand hatte den wirren Bart, der sein Gesicht bedeckte, abrasiert. Er war mager geworden und seine Augen waren sehr hell, aber er zeigte den Mut seiner steinharten Menschlichkeit.

Er spürte Schritte im Raum, drehte den Kopf und erkannte seinen Mitverbrecher wieder und murmelte:

"Leslie! ... Du ... hier ...!

Er kam näher, nahm ihre verschwitzte Hand und sagte mit einem Akzent, der fest sein wollte, aber zitterte:

„Hör mir zu, Bird, ja, ich bin es und ich bin hier, wie du sehen wirst, aber ich werde dich um eine Sache bitten. Der Arzt hat uns autorisiert, ihn zu sehen und mit ihm zu sprechen, da es wichtig ist, etwas darüber zu wissen, was mit ihm passiert ist, aber bevor er es uns erzählt, muss er mir zuhören, um ihm zu sagen, wie es mir hier geht und was passiert ist passiert, seit Sie bis jetzt verwundet wurden. Meine Geschichte erspart Ihnen lästige Fragen und beschränkt Sie nur darauf, uns zu berichten, was passiert ist. Deshalb höre mir zu und sprich nicht.

Leslie berichtete ihm detailliert über seine gesamte Odyssee, seit er beschloss, die Stadt zu verlassen, um nach Hitchinson zu gehen, um herauszufinden, was mit ihm passiert war, und dann alle Schritte, die bis zu diesem Moment unternommen wurden.

Der unhöfliche ehemalige Karawanenfahrer unternahm enorme Anstrengungen, um zu sprechen und die ihn beherrschende Wut zu unterdrücken, und bei zwei Gelegenheiten, als er versuchte zu sprechen, unterbrach der Arzt, der ihn behandelte, seine Geste und sagte:

„Reden Sie noch nicht, oder Sie zwingen mich, diese Herren hier rauszuschicken. Sein Staat lässt gewisse Freiheiten noch nicht zu.

Als Leslie seine Geschichte beendet hatte, sagte der alte Mann heiser:

"Danke Leslie, du bist sehr gut und ich werde niemals bezahlen ...

„Hören Sie auf, nutzlose Worte zu verwenden und erzählen Sie, was passiert ist, aber so prägnant wie möglich.

Bird erzählte, wie sie Adam gefunden hatte und wie sie sich begrüßt hatten, nachdem sie sich jahrelang nicht gesehen hatten. Wütend gestand er, dass seine Zunge vielleicht, weil er mit Adam ein paar Whiskys getrunken hatte, mehr als nötig gesprochen hatte und dass er sich an diesem Abend, nachdem sie zusammen zu Abend gegessen hatten, als sie auf dem Weg zum Gasthaus die Gasse überquerten, verletzt und verloren gefühlt hatte Bewusstsein. ohne später etwas anderes zu wissen.

Erst als er das Bewusstsein wiedererlangt hatte, hatte seine Phantasie nach dem Grund für diesen unerwarteten Angriff gesucht und hatte die Wahrheit geahnt. Adam versuchte ihn zu ermorden, um alle Papiere zu stehlen und das Land im Namen eines anderen zu durchsuchen.

Der Sheriff zwang ihn zum Schweigen und sagte:

„Nun, rede nicht mehr und beantworte nur ein paar Fragen. Adam hat Ihnen erzählt, dass er für einen Viehhändler gearbeitet hat, hat er nicht den Namen des Händlers gesagt?

„Er sagte es nicht, und es interessierte mich auch nicht:

„Nun, ich vermute, dass er für Swan gearbeitet hat und Teil seines Teams war. Dies klärt einige dunkle Flecken auf und Swan wird sehr kompromittiert sein, um mit Bravour aus der Trance herauszukommen.

„Ich bin jetzt überzeugt, dass er für diesen Typen gearbeitet hat und dass seine Aktivitäten nicht sehr legal waren. Da er für ihn arbeitete, bot er daher an, die Registrierung zu verkaufen, da er wusste, dass er sich vielen ernsten Dingen aussetzte, wenn er versuchte, den Erlös aus dem Diebstahl auszunutzen.

„Wir werden uns erneut an Swan wenden, um ihn zu zwingen, seine Zunge zu lösen. Er muss viel über Adam wissen und er muss uns erzählen.

„Im Moment müssen Sie sich keine Sorgen machen oder sich quälen, wenn Sie daran denken, was passiert ist. Wir hoffen, die Dinge klären zu können, damit dieser Datensatz annulliert wird und wie es richtig ist, Ihr Eigentum wird.

Bird nahm die Hand des Sheriffs und murmelte:

"Besorgen Sie es für das, was Sie am meisten wollen, Sheriff, denn wenn Sie es nicht bekommen und meine Kollegen wegen meiner Dummheit ihr Land verlieren, würde dieses Leben, das die Ärzte darauf bestanden haben, an meinem Körper zu bleiben, mir nichts nützen." und ich selbst würde es als Strafe für meinen Fehler abreißen.

„Sei nicht pessimistisch und beruhige dich. Ich wiederhole, dass die Dinge auf dem richtigen Weg sind und dass früher oder später alles gelöst wird.

"So sei es, Bird", sagte Leslie. Und mach keine dummen Sachen. Ich reise morgen ab, um meine Kollegen über die Geschehnisse zu informieren, aber sobald sie informiert sind, werde ich zurückkehren, Sie können hier für fünfzehn oder zwanzig Tage nicht abreisen und wir hoffen, dass bis dahin alles geklärt ist und du wirst ohne Sorgen mit mir zurückkehren.

„Möge Gott so gefallen, und nicht für mich, sondern für Sie.

Leslie und der Sheriff verabschiedeten sich von dem Verwundeten, und auf der Straße sagte der zweite:

„Ich glaube, Sie sollten in der Tat in Ihre Ländereien zurückkehren und dies in meine Hände legen. Swan ist gut gefesselt und ich werde darauf achten, ihn besser zu binden. Alles wird darauf warten, dass Adam gefunden wird und ich werde Himmel und Erde bewegen, damit sie ihn irgendwo finden können.

Leslie dankte ihm für das Interesse, das er dieser Angelegenheit entgegenbrachte und bereitete sich darauf vor, am nächsten Tag zu gehen. Er freute sich darauf, dorthin zu gelangen, um wiederzukommen und nicht den Überblick über die beiden Schurken zu verlieren, die sich vorgenommen hatten, sie zu ruinieren.

KAPITEL VIII

In Abilene herrschte immer noch Besorgnis und nicht wegen Leslie, deren Rückkehr noch nicht erwartet wurde, sondern wegen dem, was mit Bird passiert sein könnte und wegen der Unbekannten, die damit verbunden waren, nicht zu wissen, ob ihr Land ordnungsgemäß registriert worden war oder nicht.

Bis zu fünf Reiter, die darin stehen blieben, das Panorama betrachteten und mit den Händen Zeichen machten, als wollten sie einen neuen Kolonisten darin ansiedeln.

Das dritte Mitglied des Komitees, das ernannt wurde, um alle Probleme zwischen ihnen zu lösen, war alarmiert und da er auch ein zäher und gewalttätiger Mann war, beschloss er, die Neuankömmlinge zu treffen und sie zu fragen, was sie dort machten und was sie? waren bis zu.

Das Quintett bestand aus Swan selbst und vier Bauern seines Teams. Der Händler hatte sich entschlossen, nicht aufzugeben, und machte sich, die Warnungen des Sheriffs missachtend, auf den Weg, das Land in Besitz zu nehmen und die Seelen der Siedler zu erforschen.

Er versuchte, sie einzuschüchtern und später zu befristen und Mietverträge von ihnen abzureißen, als sie überzeugt waren, dass sie das Recht verloren hatten, dies als ihres zu betrachten. Er musste schnell manövrieren, bevor Leslie zurückkehrte, da er wusste, dass sie noch im Dorf war, als er es verließ.

Der Siedler namens Martyn Dickson trat vor und fragte, nachdem er sie kalt begrüßt hatte:

„Würden Sie mir bitte sagen, was Sie hier tun?

„Warum nicht?", fragte Swan lächelnd." Wir untersuchen das Gelände, um zu entscheiden, wo wir meine Ranch bauen werden.

„Ich fürchte, Sie haben einen Fehler gemacht, meine Herren. Dies ist kein freier Boden, sondern ganz im Gegenteil. Es gehört unserer Siedlergemeinschaft und die Ranch, die hier bald gebaut wird, wird unser Eigentum sein.

„Ich fürchte, Sie irren sich, Sir", erwiderte Swan kalt. Dieses Land und alles, was du besitzt, ist mein Eigentum. Ich habe es vor drei Wochen von seinem rechtmäßigen Besitzer gekauft, laut Hutchinsons Grundbuchamt, und es gehört mir. Wenn Sie irgendwelche Zweifel haben, bringe ich die Dokumente mit, die mich als absoluten Besitzer von all dem bescheinigen, und obwohl ich beabsichtige, hier eine Ranch für meine Rinder zu errichten, habe ich nicht vor, sie hier zu vertreiben, wenn sie damit einverstanden sind uns durch Unterzeichnung von Mietverträgen zustimmen. Ich lebe gerne in Frieden mit Menschen, möchte aber auch gerne das richtige Produkt aus meinem Besitz herausholen.

Der Siedler, der ihm mit offenem Mund und einem seltsamen Zittern am ganzen Körper zugehört hatte, stammelte:

„Was… was… steht da? Was … ist das deins?

„Ich habe das gesagt und bringe die Unterlagen mit, die es beweisen. Ich habe es von demjenigen gekauft, der es ordnungsgemäß auf seinen Namen registriert hat, und ich kann Ihnen die Papiere zeigen, damit es keine Zweifel gibt.

Der Siedler war für einen Moment fassungslos. Sein erster Verdacht war, dass Bird sie verraten hatte, indem er alles in seinem Namen registriert hatte, um es zu verkaufen und mit dem Erlös der Plünderung zu fliehen. Dies rechtfertigte, dass sie nichts mehr von ihm gehört hatten und dass er, anstatt einen Unfall zu erleiden, etwas Unaussprechliches getan hatte.

Aber er weigerte sich, es zuzugeben, und rief aus:

„Was steht da? Welcher Victor Bird hat das auf Ihren Namen registriert und dann an Sie verkauft?

„Victor Bird? Ich weiß nicht, wer dieser Mann ist. Die Akte wurde von einem gewissen Adam Greene verifiziert, der sie mir übertragen hat.

Martyn atmete erleichtert auf, als er feststellte, dass sein Gefährte kein Verräter gewesen war, und erwiderte voller Energie:

„Entschuldigen Sie, dass wir nicht zugeben, dass dies Ihr Eigentum ist. Das Protokoll muss von unserem Kollegen Bird verifiziert worden sein, der mit den genauen Unterlagen hier abgereist ist, und es muss ein Missverständnis Ihrerseits vorliegen.

„Meinerseits gibt es kein Missverständnis, Sir, hier ist das Register und der dafür vorgesehene Ort. Alles, was zu diesem kleinen Tal gehört, einschließlich der Parzellen und der Stadt Abilene, ist im Protokollblatt enthalten. Sie können es selbst überprüfen.

Und er nahm einen Ordner mit verschiedenen Papieren aus der Tasche und reichte ihn mit den Worten:

„Sieh sie dir an und sag mir dann, wenn du denkst, dass es Verwirrung gibt.

Der Siedler nahm, ohne sein Erstaunen zu verlassen, die Papiere und untersuchte sie. Es würde keine Verwirrung geben, da es einen kleinen Plan und die Grenzen der Grundstücke gab.

Als er die Mappe zurückgab, antwortete er:

„Sie werden Recht haben, Sir, aber ich glaube, Sie wurden abgezockt. Dies ist ganz unser Eigentum und wir sind nicht bereit zuzulassen, dass jemand kommt und es uns wegnimmt, nachdem wir auf diesem verlassenen Land Blut geschwitzt haben.

„Es wird so sein, wie es heißt, aber in zwei Jahren haben sie Zeit, sie zu registrieren. Wenn jemand von einer solchen Aufgabe wusste und sie in seinem Namen registrierte, ist es Ihre Schuld. Ich weiß nur, dass ich es legal erworben habe, wie diese Platte zeigt und der Rest ist mir egal.

„Ich biete Ihnen die Möglichkeit, eine vorteilhafte Vereinbarung zu treffen, ohne zurückzublicken, aber an der Gegenwart festzuhalten.

„Wir werden auch an diese Medien appellieren, das zu verteidigen, was uns mehr gehört als ihres, auch wenn sie anders denken.

„Forderst du mich heraus? fragte Swan aggressiv.

„Sie fordern uns heraus, dass es nicht dasselbe ist. Hier haben wir vor zwei Jahren unsere Fersen genagelt und hier werden sie genagelt bleiben, solange wir den Mut haben, sie zu verteidigen. Nur mit unseren Füßen nach vorne können sie uns aus diesen Feldern herausholen.

"Und dies ist meine Meinung, ich kann Ihnen sagen, dass es die der anderen meiner Teamkollegen sein wird. Ich werde Ihnen einen Bericht über seinen Anspruch geben, aber ich vermute, dass er nur sehr geringe Chancen hat, auf diesem Land ein einziges Vieh anzusiedeln." , kein einziges Protokoll, um diese Ranch aufzubauen.

„Das werden wir sehen. Ich habe die Rechtskraft dafür.

„Wir haben eine andere, schnellere Truppe.

„Glaubst du, ich kann es nicht haben?

„Ich weiß es nicht, aber das wird sich zu gegebener Zeit zeigen. Wenn Sie also vermeiden wollen, nutzlos Blut zu vergießen, verschwinden Sie hier und es wird keinen Kampf geben.

„Ich weiß auch, wie ich meine Fersen auf dem Boden behalte, wenn ich mich entscheide, sie hart zu nageln.

"Nun ... da hast du die Konsequenzen.

Und er drehte sich um und verließ die Felder, um seine Gefährten über Swans Behauptungen zu informieren.

Er war wütend über die energische und aggressive Haltung des Siedlers. Wenn seine Gefährten die gleiche schlechte Haltung einnahmen, konnte er seine Tapferkeit ausführen, dies nicht aufzugeben, wenn er mit dieser kleinen Handvoll Männer nicht hundert wütenden Siedlern gegenübertreten konnte.

Martyn verbreitete es schnell, damit sich alle sofort auf dem Marktplatz versammeln würden. Das Treffen war dringender Natur und es durfte keine Minute verloren gehen.

Margaret, die sich selbst verstand, rannte auf die Suche nach Martyn und fragte:

„Was ist los? Was wollen diese Männer?

Der Siedler gab ihr einen kurzen Bericht über den Fall, während die Siedler kamen und die junge Frau angespannt ausrief:

„Wie konnte das sein, Martyn? Wenn unser Land im Namen eines anderen registriert wurde, muss zugegeben werden, dass Bird getötet und seine Papiere gestohlen wurden. Bird war ein Mann von Integrität und unfähig, einen solchen Verrat zu begehen.

„Das denke ich, aber wie dem auch sei, die Ländereien wurden auf den Namen eines anderen registriert und an diesen Typen verkauft. Es muss so gewesen sein, Margaret.

„Aber … wie hat Leslie das nicht herausgefunden und ist bereits gekommen, um es herauszufinden, damit wir wissen, was passiert ist?

„Ich weiß es nicht, aber … Sie müssen darauf vertrauen, dass er nicht untätig ist und an der Aufklärung des Falls arbeitet. Leslie ist ein ganzer Mann und wird wissen, wie man den Umständen entsprechend vorgeht.

„Ich habe es immer so geglaubt, aber … wenn nichts getan werden kann, um diese Enteignung zu vermeiden, was können wir dann tun, um unser Leben zu verteidigen?

„Es gibt nur einen Weg; verteidige es mit Waffen in der Hand.

„Ja, aber gegen das Gesetz, obwohl dieses Gesetz nicht das gesetzliche ist.

„Wir werden uns entlarven. Zwischen dem Sterben auf der Wiese oder mit Waffen in der Hand ist letzteres vorzuziehen.

„Dieser Mann wird sich an die Behörden wenden. Sie schützen dich.

„Das Gesetz ist weit von hier entfernt und nicht ein oder zwei Sheriffs würden etwas erreichen. Ich bezweifle, dass er einen Kavallerietrupp schicken kann, um uns hier rauszuschießen.

Es ist bedauerlich, was passiert, aber wir müssen uns mit Mut rüsten und uns jeder Plünderung stellen. In Kürze wird Leslie zurückkehren und er wird uns umfassend informieren und uns sagen, was zu tun ist.

„Glaubst du… das… wird zurückkehren? fragte sie verstört.

Warum sollte er nicht?

„Was wäre, wenn … sie ihm eine Falle gestellt hätten, wie hätten sie sie Bird stellen können?

„Leslie wurde vorgewarnt und ist kein selbstbewusster alter Mann wie Bird, sondern ein übermäßig kluger Mann. Ich habe keine Angst um sein Leben.

„Möge Gott dich hören, ist das, was ich von dir verlange.

Martyn trennte sich von der jungen Frau, um sich dem Rest der Siedler auf dem Platz anzuschließen. Sie alle hatten geahnt, dass etwas Ernstes passierte, als sie so dringend gerufen worden waren.

Martyn informierte sie kurz über den Grund für die Anwesenheit dieser Männer in der Prärie und über die Rechte, die er beanspruchte, ihr Land zu besitzen.

Der Aufruhr über die Produktneuheiten war riesig. Sie alle hoben mit geballten Fäusten die Arme in den Himmel und schworen, dass sie nur leblos von dort gerissen würden. Als der Siedler damit fertig war, zu erklären, was vor sich ging, fragte jemand:

„Wie konnte das passieren? Was macht Leslie, die nicht schon hier ist, um uns zu informieren?

„Wenn er nicht gekommen ist, werden seine Gründe haben. Unsere Mission ist es nicht, die Ansprüche dieser Menschen zu verstehen und auf ihre Rückkehr zu warten, um viele Dinge zu lernen, die wir ignorieren, aber das Dringende ist, diesen Menschen nicht zu erlauben, die Prärie in Besitz zu nehmen. Ich schlage vor, dass Sie Ihre Waffen und alles nehmen von uns gemeinsam lasst uns dort präsentieren, um sie zum Verschwinden einzuladen.

Was ist, wenn sie sich weigern?

„Dann, schlimmer für sie; Wir werden sie erschießen.

Niemand weigerte sich, Martyns Anweisungen zu folgen, und sie brauchten ihre Waffen und verließen das Dorf, um in die Prärie zu gehen.

Als Swan die entschlossene Haltung der Siedler bemerkte, überkam ihn ein Schauder der Angst. Hundert bewaffnete Männer waren zu viele Männer, um mit ihnen fertig zu werden, besonders wenn sie unter dem Einfluss von Überraschung und Wut standen.

„Pass auf!" warnte er." Lass niemanden nervös werden und schieße, wenn er es nicht versucht.

Die Siedlergruppe rückte vor und schwenkte Revolver oder Gewehre. Sie waren wachsam, falls sie von Schüssen getroffen wurden. Als sich die kompakte Gruppe zwanzig Schritte von Swan entfernt befand, der mit seinen Bauern hinter ihm ein wenig vorgerückt war, diese auch mit gespannten Revolvern, rief er:

„Sei nicht verrückt und leg die Waffen nieder! Gewalt ist nicht der Grund und sie können jeden Moment die Folgen erleiden, wenn sie ihre Nerven springen lassen.

„Ich bin in Frieden und mit dem Wunsch gekommen, eine Einigung mit Ihnen zu erzielen. Es geht nicht darum, wie bestimmte Dinge behoben werden.

Martyn antwortete gleichgültig:

„Er hat uns bereits seine Gründe erklärt und ich habe unsere erklärt. Es gibt nur eine Lösung; Entweder verlassen sie dieses Land innerhalb von fünf Minuten, oder wir schießen sie ab und geben ihnen keine neue Chance zur Rückkehr.

„Glaubst du, du bringst damit etwas voran? Ich kann zurück zu den Behörden gehen, um sie zu zwingen, ihre Grundstücke zu räumen, und wenn sie mich dazu zwingen, wird es keine Einigung geben. Ich werde grausam sein und keinen einzigen zulassen." Ich denke, es ist besser zuzustimmen als zu kämpfen.

Aber Martyn antwortete energisch:

„Es gibt keinen Pakt, der sich lohnt. Entweder sie gehen oder ich befehle ihnen zu schießen. Entscheiden Sie sich sofort.

Der Moment war furchtbar tragisch. Die Kolonisten schienen bereit, den Befehl ihres Befehlshabers auszuführen, und alle erkannten, dass es selbstmörderische Torheit war, den Kampf anzunehmen.

Aber für Swan war dies eine Demütigung, die er nur schwer akzeptieren konnte. Erstens aus moralischen Gründen und zweitens, weil er befürchtete, dass die Dinge für ihn schlecht laufen könnten, wenn er gezwungen wäre, in der Prärie zu bleiben, und wenn Adam entdeckt würde, würde er am Ende bestimmte Dinge gestehen, die dieses umstrittene Eigentum ungültig machen würden Rekord, wodurch er die zehntausend Dollar verlor, die er bezahlt hatte.

Aber vorerst war rohe Gewalt auf der Seite der Kolonisten und nichts konnte dagegen ankämpfen.

Toll geantwortet:

„Okay, du hast es so gewollt und es wird so sein. Eines Tages, nicht weit entfernt, werde ich mit der nötigen Kraft kommen, um meine Rechte durchzusetzen, und an diesem Tag werden sie erkennen, wie verrückt sie meine Vorschläge nicht angenommen haben. Wenn Sie etwas haben, das rechtlich nicht Ihnen gehört, wird es Ihnen früher oder später entzogen.

„Eine halbe Minute ist vergangen, Sir. Wenn er das andere Medium durch Wortverschwendung verliert, zwingt er uns zum Schießen. Denk darüber nach

Ich dachte nach und Swan wandte sich an seine Männer und sagte:

„Lass uns gehen, aber lass sie denken, dass wir es nicht für immer tun. Sie werden bald von uns hören.

Die Gruppe zerrte an den Zügeln ihrer Pferde, drehte ihre Hintern und verließ die Wiese.

Die Siedler hatten das erste Gefecht gewonnen, aber das bedeutete nicht viel. Sie erkannten, dass sie dem Gesetz gegenüberstanden und dass dies sehr gefährlich war, wenn der Menschenhändler alle Ressourcen ansprach, die ihn begünstigten, um zum Schluss alle mit Haken oder Gauner von ihren Grundstücken zu werfen.

Aber sie waren stur und verzweifelt. Sie verteidigten Mutter Erde, die ihnen gehörte, die sie mit dem Schweiß ihrer Stirn begossen hatten, und sie konnten die Früchte dieser gewaltigen Anstrengung nicht kampflos nachgeben.

* * *

Einen Tag später kehrte Leslie, nachdem sie den ersten Teil ihrer Arbeit in Hitchinson abgeschlossen hatte, ins Dorf zurück, begierig, so schnell wie möglich zu kommen, um ihre Gefährten über die aufgetauchten Neuigkeiten zu informieren und sie über ihre Person zu beruhigen.

Sie tat es auf dem Pferderücken, wie sie es zuvor getan hatte, denn der Wagen ließ sie in der Stadt zurück, bis sie zurückkehren und Bird zur Genesung bringen konnte.

Er war mehr als dreißig Meilen von der Stadt entfernt und ging eine verlassene Straße entlang, als er in der Ferne und in die entgegengesetzte Richtung reitend eine Gruppe von Reitern entdeckte, die dem Hitchinson-Weg zu folgen schienen.

Der Siedler war von der Entdeckung überrascht. Dieser geradlinige Weg nach Abilene wurde nicht befahren, und die Anwesenheit der Reiter beeindruckte ihn nicht.

Würden sie aus ihrem Dorf zurückkehren? Waren sie mit der Absicht dorthin gegangen, Plünderungen zu begehen? Es könnte sich um eine kleine Räuberbande handeln, und wenn ja, wäre es für ihn nicht bequem, entdeckt zu werden, denn das Mindeste, was passieren konnte, war, dass sie ihn überfielen und sein Reittier stahlen.

Und wenn das passierte, waren dreißig Meilen zu Fuß bestenfalls eine Menge Meilen.

Er würde ein Versteck finden und versuchen, einen Blick auf die Reiter zu erhaschen.

Er wandte sich schnell nach links und suchte Schutz vor einigen Felsbrocken, die fast bis zum Rand des Weges reichten. Sie waren groß genug, um ihn und sein Pferd zu verstecken.

Aber trotz der Geschwindigkeit, mit der er das Manöver ausführte, konnte er nicht verhindern, dass einer der Reiter ihn entdeckte, als er sich in Eile versteckte.

Der Reiter, der Swan ansprach, rief aus:

„Boss, da kam ein Reiter vorbei und hat sich hinter diesem Steinkonglomerat versteckt. Glaubst du, es könnte ein einsamer Räuber sein, der versucht, uns überraschend anzugreifen?

„Haben Sie das Pferd bemerkt? fragte er plötzlich.

„Ja, wenn auch nicht sehr gut. Es hat eine violette Farbe und eine gute Höhe.

Swan lächelte seltsam. Er hatte gerade an Leslie gedacht, dessen Pferd er vor den Toren des Büros des Sheriffs gesehen hatte und ihn für einen gefährlichen Burschen hielt, hatte verschwiegen, dass er auf seine Ländereien zurückkehrte, um seinen Gefährten über die Maßnahmen des Sheriffs Rechenschaft abzulegen, um sie ungültig zu machen sein Recht, über das mit so schlechter Kunst Erworbene zu verfügen.

Und wenn er ihn dorthin kommen ließ, konnte er sich von der Einschüchterung der Siedler verabschieden und einen mehr oder weniger großen Teil des Geldes, das er Adam gezahlt hatte und das er verlieren sollte, fälschlicherweise abziehen.

Und er musste es vermeiden. Niemand wusste (oder glaubte es zumindest), dass er zu dieser Zeit die Siedler besuchte; Wenn also danach ein falscher Schnitt gemacht wurde und dies von ihren Arbeitern bestätigt werden könnte, würden die Kolonisten nichts davon wissen und könnten sie weiterhin bedrohen.

Er musste Leslie unterdrücken. Später, als seine Leiche so weit von Hitchinson entfernt gefunden wurde, wie in diesen immer noch halbverwüsteten Ländern, gab es keine Autorität in der Nähe, sie sollten herausfinden, wer ihn getötet hatte.

Und er wandte sich an den, der Alarm geschlagen hatte, und sagte:

„Er ist kein Räuber, aber für mich ist er etwas Schlimmeres. Ich muss es beseitigen, wenn ich mich auf dieser Wiese niederlassen möchte, auf der wir das Vieh ungestraft verstecken können; Sie werden mir helfen, ihn zu liquidieren. Ich habe hundert Dollar für jeden, wenn wir es schaffen.

"Was gibt es zu tun?

„Gehen Sie vorerst langsam weiter, als hätten wir Sie nicht gesehen.

Als wir an den Felsen ankommen, geht ihr beiden voraus, vorbei, während wir drei hinterherhinken und als ich pfeife, einige zu seiner Rechten und andere zu seiner Linken, umzingeln wir ihn und schießen auf ihn. Sie müssen glauben, dass wir Sie nicht entdeckt haben und wenn Sie Ihren Fehler erkennen, wird es spät sein.

„Aber im Vorgriff auf etwas Unvorhergesehenes, zieh dir die Hutkrempe gut über die Augen, damit er uns nicht leicht erkennen kann. Sie müssen sich um alle Details kümmern.

Nachdem sie die vom Menschenhändler auferlegten Vorsichtsmaßnahmen getroffen hatten, rückten sie weiter vor und schauten schief auf die Klippen, falls sie den Kolonisten entdeckten, der sie verfolgte.

Leslie versteckte, nachdem sie sich zwischen den Felsen versteckt hatte, ihr Pferd zwischen zwei Steinblöcken und da sie von dort aus den Weg nicht sehen konnte, beschloss sie, einen weiteren Steinblock zu erklimmen, von dessen Höhe es möglich wäre, die mysteriöse Gruppe im Auge zu behalten .

Diese Inspiration würde ihm das Leben retten, ohne es zu merken.

Er erreichte die Steine und konnte hinter einem von ihnen versteckt den Vormarsch der Reiter verfolgen.

Und als sie ganz in der Nähe waren, hörte er nicht auf zu beobachten, dass sie ihre Hutkrempe sehr tief trugen und noch mehr, dass sie sie im weiteren Vorrücken gezogen hatten, um sie bis an die Grenze zu senken.

Und das ließ ihn noch mehr auf der Hut sein. Das Detail, dass niemand zu ihnen ging, um sie zu sehen, ließ ihn verstehen, dass es einen wichtigen Grund für dieses Manöver gab und der Grund war, dass sie ihn entdeckt hatten und daran vorbeigehen wollten, ihm die Möglichkeit zu geben, ihre Gesichter zu sehen.

Trotz dieser Vorsicht erregte einer der fünf seine Aufmerksamkeit. Er konnte sein Gesicht nicht sehen, aber an seiner Silhouette glaubte er den schlauen Schwan zu erkennen.

Und da er wusste, dass sie kurz vor seiner Rückreise aus Sterling verschwunden war, brauchte er nicht viel zu erraten, dass der Grund für seine Abwesenheit darin bestand, in Abilene aufzutauchen, um seine Gefährten zu zwingen und wen er kannte zwingen sie dazu. unterzeichnen Sie ein Dokument, das sie kompromittieren würde, im Austausch für bestimmte falsche Versprechungen von einfachen Mietverträgen.

Sein erster Impuls war, zu warten, bis sie in Schussweite waren, um den machiavellistischen Dealer zu erschießen, aber er hielt sich zurück. Es brauchte viel Glück, um fünf zu kämpfen und siegreich zu sein. Er musste sie ignorieren und schnell ins Dorf marschieren, um herauszufinden, was sein Feind darin angestellt hatte.

Er folgte ihnen aufmerksam mit dem Blick eines Adlers und dem Fohlen in der Hand, als er plötzlich sah, wie die ersten beiden den Lauf ihrer Pferde verdrehten und versuchten, die Felsen auf ihrer linken Seite zu erreichen, die anderen auf der rechten Seite .

Und er verstand das Manöver. Sie hatten gesehen, wie er sich versteckt hatte und versuchten, ihn in einen Revolverkreis einzuschließen. Und er zögerte keinen einzigen Moment. Sein Colt suchte nach dem, was er für Swan hielt, und erschoss ihn. Er verfehlte den Schuss, verfehlte ihn, weil einer seiner Bauern sich beim Schuss vor dem

Dealer gekreuzt hatte und die Kugel ein anderes Ziel erreicht hatte als das vorgeschlagene. Der gut getroffene Bauer fiel abrupt vom Pferd, während der Rest, der erkannte, dass es keinen Raum für Überraschungen gab, auf die Höhe schoss, auf der Leslie in einen Hinterhalt geraten war.

Aber für den belagerten Siedler gab es eine gefährliche Schwierigkeit, nämlich dass er nicht gleichzeitig an zwei Fronten teilnehmen konnte. Nach seinem Überraschungsschuss und dem Fallen des Bauern hatten die anderen vier ihre Pferde schnell aus der Nähe der Felsen getrennt und feuerten auf beiden Seiten auf Distanz. Leslie schwankte hin und her und versuchte, die beiden Gruppen im Auge zu behalten. Ein Versehen könnte es einigen von ihnen erleichtern, sich ihm zu nähern und ihn zu jagen, da der Schutz des Felsens nicht mehr ausreichte, als ihm eine frontale Brüstung anzubieten.

Der Kolonist verteidigte sich energisch gegen die Belagerung, und manchmal, indem er nach links und andere nach rechts schoß, schien er den Belagerern Respekt zu zollen, die aus Angst, das Schicksal ihres Gefährten zu erleiden, nicht zu nahe wagten.

Leslie verbrauchte die Ladung seines Revolvers und war gezwungen, die kostbare Zeit damit zu verschwenden, ein halbes Dutzend Patronen zurück in den Lauf zu werfen; Der schlaue Schwan, der auf diese Pause in der Verteidigung zu warten schien, als Leslie aufhörte zu schießen, um die Waffe nachzuladen, rückte mit seinem Pferd vor, um nach der Schwachstelle zu suchen, von der aus er ihn angreifen konnte.

Und genau in dem Moment, als der Kolonist mit dem Colt in der Lage war, weiter zu schießen, als er um die Seite spähte, auf die der Dealer vorgerückt war, stieß er einen hohen Schmerzensschrei aus und ließ den Revolver fallen, der sich aus seiner Hand löste. fiel mit einem metallischen Geräusch auf die Felsbrocken.

Swan hatte ihn am rechten Arm getroffen und durch die Kontraktion den Revolver verloren. In diesem Moment war er seinen Feinden ausgeliefert, die bereit zu sein schienen, ihn fertig zu machen.

Swan, der seinen Erfolg erkannte, rief:

„Es gehört uns, Jungs! Du hast den Colt verloren!

Die vier bereiteten sich darauf vor, ihr Feuer auf den unglücklichen Siedler zu konzentrieren, als plötzlich zwei donnernde Detonationen, die nicht von einem Colt, sondern von einem Gewehr erzeugt wurden, vibrierten und der Galopp eines sich nähernden Pferdes gefangen wurde.

Swan erkannte die Gefahr, in der sie sich befanden. Ihre Revolver konnten mit einer Waffe dieses Kalibers nicht mithalten, und wer auch immer Leslie zu Hilfe kam, konnte sie sicher abschießen.

Und wütend brüllte er:

„Galopp alle, lass ihn uns nicht überholen oder wir sind tote Männer!

Und das Quartett, das die Belagerung aufgab, unternahm einen erstaunlichen Galopp, verfolgt vom Gewehr der mysteriösen Erscheinung, aber zum Glück verhinderte die Beweglichkeit der Pferde, dass sie einen von ihnen trafen.

Der Reiter zögerte einen Moment zwischen der Fortsetzung der Jagd oder dem Aufhören. Er vermutete, dass sie auf jemanden geschossen hatten, der sich zwischen den Felsen versteckt hatte, und er fürchtete, er sei getroffen worden.

KAPITEL IX

DEN ZAUN VERENGEN

Derjenige, der auftauchte, bevor er sich den Felsen näherte und in Erwartung, angegriffen zu werden, falls er für einen der Flüchtigen gehalten wurde, rief:

»Wer ist da? Verschwinde ohne Angst, wer auch immer es ist. Ich bin einer der Stellvertreter des Sheriffs von Hitchinson.

Leslie; Als er ihn hörte, atmete er erleichtert auf und spähte hinter dem Felsen hervor, während er versuchte, das Blut, das aus der Wunde floss, zurückzuhalten, und antwortete:

"Ich komme, Kommissar ... Warten Sie ein bisschen.

Er arbeitete sich nach unten, bis er den vollen Teil erreicht hatte und vor dem Kommissar erschien. Dieser erkannte ihn und rief aus:

"Wie geht es dir?

„Sie kennen mich richtig? Ich bin diejenige, die bei Ihrem Sheriff Anzeige wegen Hausfriedensbruchs erstattet hat.

»Natürlich kenne ich ihn, und ich habe den Sheriff ausgewählt, damit er Swan nicht aus den Augen verliert.

„Also habe ich mich nicht getäuscht, wenn ich annahm, dass einer von denen, die die Gruppe ausmachten, dieser Raufbold war.

„Nein, Sie lassen sich nicht täuschen, aber was ist das? Wurden Sie verletzt?

„Ja, obwohl ich das nicht für wichtig halte. Sie nutzten den Moment, als ich den Revolver nachladen musste, um hochzukommen und auf mich zu schießen. Sie taten es mit solchem Glück, dass ich, als sie mich am Arm verwundeten, den Revolver verlor, und wenn Sie nicht rechtzeitig gekommen wären, hätten sie mich erledigt.

"Warum?

„Vielleicht, weil ich derjenige war, der die ganze Unwahrheit entdeckt hat und der am entschlossensten war, diese Plünderungen zu verhindern.

„Nun, komm rüber und sieh dir diese Wunde an.

Er half ihr, ihren Arm aus dem Ärmel ihrer Jacke zu ziehen und musterte sie sorgfältig.

„Es scheint nicht ernst zu sein, wie Sie sagen. Ein Schuss in die Kugel, der spektakulärer als verstörend ist. Hast du ein Taschentuch?

"Ich habe zwei.

„Wir werden das verletzte Glied fest binden, das ist alles, was wir im Moment tun können, und ich denke, es wird gut durchhalten, bis wir das Dorf erreichen.

„Das hoffe ich auch. Was wirst du tun?

„Meine Pflicht war es nicht, mich von diesem Kerl zu lösen, aber falls du sofortige Hilfe brauchst, habe ich dich entkommen lassen. Er musste sich zwischen den beiden entscheiden.

Und ich weiß es zu schätzen. Und da es ihm nicht mehr leicht fällt, weiter zu jagen, lade ich ihn ein, mit mir ins Dorf zu kommen. Dort werden wir alles erklären, was passiert ist und sobald ich geheilt bin, werden wir zurückkehren, um die Rückkehr nach Hitchinson zu unternehmen. Jetzt können wir wirklich nicht aufhören und die Dinge auf größere Flüge nehmen lassen.

Der Kommissar antwortete nach kurzem Nachdenken:

„Ich nehme Ihre Einladung an, vor allem, weil ich die Vorräte, die ich in meiner Reisetasche hatte, aufgebraucht habe und sie auffüllen muss, um zurückzukehren.

„In diesem Fall verschwenden wir keine Zeit und machen uns auf den Weg. Ich hoffe, die Wunde hindert mich nicht am Galoppieren und währenddessen erklärst du mir, was passiert ist.

Sie bestiegen ihre Pferde, nachdem sie Leslies Revolver aufgehoben hatten, aber bereits im Sattel sagte der Kommissar:

„Einen Moment. Wir können nicht vergessen, dass einer seiner Angreifer gestorben ist. Ich werde seine Kleidung durchsuchen, um ihn zu identifizieren, und dann werde ich ihn halb versteckt in den Felsen zwischen den Felsen zurücklassen.

Er packte seine Revolver und sein Pferd. Er würde es ins Dorf und später nach Hitchinson bringen.

Als er wieder in den Sattel kletterte, stellte er sich neben Leslie und sie machten sich auf den Weg.

„Bist du sehr aufgeregt?", frage ich.

„Nein, es tut natürlich weh, aber es ist auszuhalten. Mehr als nur an den Schmerz zu denken, möchte ich, dass du mir erzählst, was passiert ist.

„Nicht lange, ich folgte Swan aus einiger Entfernung, zu der sich vier weitere Männer gesellten, zwischen Sterling und Hitchinson, es war schwer für mich, ihnen ins Dorf zu folgen, ohne entdeckt zu werden. Schon dort und versteckt in der Senke, die das kleine Tal abschließt, konnte ich beobachten, wie einer seiner Gefährten ihnen entgegenkam und mit Swan sprach. Ich weiß nicht, was sie sagen würden, aber ich weiß, dass sein Begleiter sich zurückzog, um später in Begleitung aller Siedler, die bis an die Zähne bewaffnet auftauchten, zurückzukehren. Es gab eine heftige Diskussion, aber das Quintett, das von so vielen Waffen bedroht war, beschloss, die Wiese zu verlassen und wieder zurückzukehren.

Ich folgte ihnen aus großer Entfernung, als ich das Manöver bemerkte, um die Klippen zu umgehen, und dann das Donnern der Waffen. Ich habe mir nicht vorgestellt, dass Sie es waren, aber wer immer Sie waren, musste eingreifen und intervenieren. Ich bin pünktlich angekommen, denn wenn ich ein paar Minuten versäumt hätte, hätte ich nicht mehr als seine Leiche sammeln können.

„Das ist richtig und ich danke Ihnen unendlich für Ihr Eingreifen. Ich war in Gefahr, aber mir scheint, dass dieser Buharro einen schweren Fehler gemacht hat, der ihn teuer zu stehen kommen wird. Hätte ich angeprangert, dass er mich töten will, hätte ich nichts erreicht, weil es ihm an Zeugen mangelt, aber nachdem Sie eingegriffen haben, sind Sie eine Autorität, die Dinge sind unterschiedlich. Wir werden sehen, was der Typ jetzt macht.

„Ich habe das Gefühl, dass ich ihre Spur verloren habe und wer weiß, ob es leicht sein wird, sie zu finden. Auf jeden Fall sind und werden Sie Zeuge meines Verhaltens, wenn ich meinem Chef erzähle, warum ich Ihre Weisungen nicht buchstabengetreu ausführen konnte.

„Keine Sorge, Ihr Chef ist ein sehr verständnisvoller Mann und wird die Situation aufgreifen.

„Wenn wir jetzt im Dorf ankommen, werden wir uns ein oder zwei Tage ausruhen und sofort wieder auf die Straße gehen. Die Dinge werden klarer und ich hoffe, dass sie in Kürze vollständig geklärt sind.

Leslie und der Kommissar mussten die Nacht auf der Wiese verbringen und da die Wunde an seinem Arm den ersteren zu sehr störte, musste der Kommissar seine Taschentücher aufbinden und nach einem Bach suchen, an dem er die Wunde waschen konnte. Dann legte sie ihm einen Kräuterwickel auf und bandagierte ihn wieder.

Am nächsten Tag am Nachmittag kamen sie in Abilene an und als jemand entdeckt hatte, dass sie sich dorthin bewegten, verbreitete sich die Nachricht schnell und sie gaben alle ihre Aufgaben auf, um ihnen entgegenzugehen.

Diejenige, die am meisten rannte, war Margaret, die, als sie herausfand, dass Leslie ihren Arm mit Taschentüchern gefesselt hatte und ihre Kleidung mit Blut befleckt war, qualvoll ausrief:

„Leslie, für alle Heiligen! Was ist mit dir passiert?

Er sprang vom Pferd und umarmte sie lächelnd, er antwortete:

„Es war nichts, mein Lieber; ein Sturz vom Pferd, der mich verletzt hat.

„Lüg nicht, das Blut stammt nicht von einem Sturz. Sie ... Sie wurden erschossen.

„Nun, es war eigentlich ein Schuss von einer Kugel, aber seien Sie nicht beunruhigt, es war keine große Sache. Es gibt etwas Wichtigeres als meine Verletzung.

Und angesichts seiner Gefährten, die einen großen Kreis bildeten, rief er aus:

„Das ist einer der Stellvertreter des Hutchinson Sheriffs. Ihm verdanke ich mein Leben, denn er tauchte unerwartet auf, als mich eine Gruppe von fünf Männern in einen Felsen stecken und entwaffnen ließ, weil ich den Revolver verloren hatte.

Martyn trat vor und sagte:

"Fünf Männer? Also ... das können nur diejenigen sein, die vor zwei Tagen hier waren, mit dem Vorwand, sich in der Prärie niederzulassen und behaupten, die wahren Besitzer von allem zu sein, von dem wir dachten, es sei unsers. Was weißt du darüber? , Leslie?

„Ich weiß viele Dinge, und wenn ich zurückgekehrt bin, war es, um Sie zu beruhigen und Ihnen zu sagen, dass Sie Ihre Ruhe oder Verzweiflung nicht verlieren sollen. Die Sache ist im Moment etwas durcheinander, aber alles beginnt sich zu unseren Gunsten zu entwickeln. Sobald ich Sie gut informiert und mit konkreten Anweisungen zurücklasse, werden wir uns einen Tag ausruhen und zu Hutchinson, dem Kommissar und mir, zurückkehren.

„Nicht!" rief Margaret. „Du entlarvst dein Leben nicht mehr. Wenn gut oder böse für alle ist, lass andere auch ihres enthüllen.

„Bird hat sie entlarvt und steht seit mehr als zwei Wochen zwischen Leben und Tod, aber zum Glück geht es ihr besser und die Gefahr scheint zurückzugehen. Ohne dies zu bedeuten, dass ich mich mehr als alle anderen hingebe, kann die noch zu lösende Mission nur von mir erfüllt werden, weil ich derjenige war, der direkter in diese Angelegenheit eingegriffen hat und wer hat es entlarvt. Hören Sie genau zu, was ich Ihnen zu sagen habe, und Sie werden erkennen, dass ich derjenige sein muss, der die Bemühungen fortsetzt, bis die Angelegenheit gelöst ist.

Da alle darauf warteten, dass das Rätsel, das das Verzeichnis ihrer Ländereien enthielt, entziffert würde, informierte Leslie sie in allen möglichen Details, von seiner Ankunft in Hutchinson bis zum Eingreifen des Kommissars, der sein Leben rettete, als sie ihn ermorden wollten.

Ein wütender Martyn scherzte:

„Was für eine Schande, das alles nicht vorher gewusst zu haben, denn wenn sie es getan hätten, wären diese fünf Buharros für immer hier geblieben!

„Es spielt keine Rolle", kommentierte Leslie. Jetzt wird es Swan schwerfallen, sich dort fortzubewegen, wo er erkannt werden kann. Der Bericht des Kommissars, in dem er beschuldigt wird, versucht zu haben, mich zu ermorden, stellt ihn außerhalb des Gesetzes und er wird sehr vorsichtig sein, nicht erneut zu versuchen, uns zu zwingen. Er selbst hat sich, weil er dumm ist, die Flügel abgeschnitten und auf keinen Fall könnte er diese Rechte weiterhin geltend machen, weil er sein Gesicht zeigen müsste und sich selbst denunzieren würde.

„Natürlich löst dies den Konflikt nicht, denn was wir brauchen, ist, dass diese gestohlene Registrierung sowohl für Greene als auch für Swan annulliert wird und dass uns das Land zugesprochen wird, das uns gehört. Das ist es, was ich wieder zu Hutchinson gehen muss, und Sie müssen es so verstehen.

Aber Margaret gab nicht auf.

„Und warum sollte nicht jemand anderes dasselbe tun können? Sie sind nicht in der Lage, mit Ihrem verletzten Arm wieder zu reisen.

„Ich sage dir, es ist nichts und jetzt, wenn du mich heilst, wirst du es verstehen.

Ich bin derjenige, der das Verfahren durchgeführt hat, der mit dem Sheriff in Kontakt steht und Swan kennt, und ich kann ihn erkennen und irgendwo entdecken. Andererseits, wenn sich mir die Gelegenheit bietet, muss ich ihm den feigen Hinterhalt in Rechnung stellen, den er mir angelegt hat. Aus all diesen Gründen zwingt mich meine Pflicht, nach Hutchinson zurückzukehren, und ich werde zurückkehren.

Da es sinnlos war, darauf zu bestehen, musste Margaret sich abfinden und brachte ihn in die Hütte, um seinen Arm ernsthaft zu behandeln, während die Siedler den Kommissar übernahmen, den sie zum Essen einluden, da der Mann hungrig war.

Margaret fand, dass Leslies Wunde in der Tat eher spektakulär als ernst war, und nachdem sie sie gründlich gewaschen und eine mit Arnika getränkte Kompresse aufgelegt hatte, band sie sie mit einem Stück Laken zusammen.

„Bist du überzeugt?", fragte er und hielt sie in seinen Armen.

„Nicht...! Ich glaube, ich war kurz davor, dich zu verlieren, und niemand kann wissen, ob er das, was er heute nicht erreicht hat, an einem anderen Tag erreichen wird.

„Das war ein zufälliger Unfall, Frau. Wer würde ahnen, dass dieser Buharro hier war und ihn unerwartet treffen würde?

„Aber so wie dieser entstanden ist, kann ein anderer entstehen und nicht so gut herauskommen wie jetzt.

„Die Dinge sind jetzt sehr unterschiedlich. Bis gestern konnte sich Swan frei bewegen, aber nach seiner Aufgabe und dem Wissen, dass er wegen versuchten Mordes angeklagt werden kann, wird er gezwungen sein, sich zu verstecken und wird nicht mehr frei laufen können. Er selbst hat sich die Augen schmutzig gemacht, indem er so weit gegangen ist, um Hindernisse zu beseitigen, die ihn daran hindern, unsere Ernte in Besitz zu nehmen.

„Jetzt müssen wir die Bemühungen, Adam und sogar Swan ausfindig zu machen, überprüfen, sie zwingen, sich zu äußern, indem sie erstens sein Verbrechen gestehen und zweitens, dass er wusste, dass das, was er kaufte, das Produkt eines Raubüberfalls war. Nur so können wir erreichen, dass die ursprüngliche Registrierung annulliert und in unseren Namen gestellt wird und wir uns für immer von neuen Plünderungsversuchen befreien.

„Ich muss auch Bird mitbringen, wenn es vorbei ist und er reisetauglich ist. Der arme Mann hat die Naivität mehr als bezahlt, seinen alten Gefährten über den Grund zu informieren, der ihn zu Hutchinson geführt hatte.

„Ich bitte Sie, Gelassenheit zu haben und die Dinge so zu akzeptieren, wie sie erscheinen. Hätten wir diese Reise nicht gemacht, wären wir in einer verzweifelten Lage gewesen, da es mir nicht möglich gewesen wäre, dieses Schlamassel ans Licht zu bringen und uns eines Tages das Wesentliche genommen wäre.

Wir haben gekämpft, um diese Landstücke, die Mutter Erde, die unsere Lebensgrundlage ist, zu sichern und sie weiterhin zu besitzen, indem wir das richtige Produkt daraus gewinnen, wir müssen alle möglichen Opfer bringen. Aber die ernstesten, die wir überwinden konnten, bieten uns ein vielversprechenderes Panorama und wir sollten nicht auf halbem Weg damit aufhören, dass sie uns alles nehmen werden.

„Wenn das geklärt ist und die Dinge in Ordnung sind, werden wir heiraten, wir werden alles daran setzen, das Erreichte zu festigen und wir werden so glücklich sein, wie wir es uns erträumt haben, denn Mutter Erde wird uns weiterhin geben seine Früchte, die dankbar ist und ihren Kindern zu geben weiß, all den Schatz, den sie in ihren Eingeweiden verbirgt, wenn ihre Kinder sich mit der Liebe um sie kümmern, die einer Mutter gebührt.

Margaret fand keine Worte, um die ihres Verlobten zu widerlegen. Sie war auch eine Tochter von Mutter Erde und sie konnte nicht ignorieren, dass sie sie mit der ganzen Zähigkeit eines wahren Sohnes verteidigen musste.

"Du hast Recht, Leslie" gestand schließlich. Aber wenn ich daran denke, dass alles, was es dir für seine Verteidigung geben kann, ein Loch in dem Land ist, für das wir so viel kämpfen, öffnet sich mein Fleisch.

„Ich weiß es, aber Gott ist gut und gerecht und weiß, wie er diejenigen von uns mit seinem Mantel zu bedecken hat, die ehrlich ums Leben kämpfen und nichts mehr wollen als das, was uns gehört.

„Ich bin sicher, dass dies gut und bald enden wird und keine neuen Bedrohungen entstehen. Lassen Sie mich die begonnene Mission beenden und ruhig sein, denn ich werde über mein Leben zu wachen wissen, nicht nur für mich, sondern auch für Sie, die für mich alles ist; du bist die Ergänzung dieser Mutter Erde unserer Lieben, denn moralisch bist du die beste Frucht, die sie mir geschenkt hat.

Am nächsten Tag verbrachten Leslie und der Kommissar ihn im Dorf und bereiteten alles für die neue Reise vor. Die Kolonisten achteten darauf, ihnen für eine so lange Reise Nahrung zu bereiten, und diese Erholung passte ihnen sehr gut.

Leslie verspürte Unbehagen in seinem Arm, aber er versuchte, ihn und den Revolver zu fassen, und stellte mit Befriedigung fest, dass er nicht in der Lage war, mit einer Waffe umzugehen.

Margaret achtete darauf, ihm ein Päckchen Fussel, Verbandszeug und eine Flasche Arnika zu machen. Der Kommissar versprach, ihn unterwegs zu heilen, und wenn sie Hutchinson erreichten, würde er ihn notfalls vom Arzt sehen lassen.

Nach fünf langweiligen und anstrengenden Reittagen kamen sie eines Nachmittags endlich in der Stadt an und machten sich ohne Zeitverlust auf den Weg zum Büro des Sheriffs.

Der Kommissar hatte es eilig, seinen Chef über den Vorfall zu informieren, und rechtfertigte damit, dass er nicht weiter neidisch auf den gefährlichen Menschenhändler sein könne.

Als der Sheriff sie zusammen in seinem Büro erscheinen sah, fragte er verwirrt:

„Sind Sie schon wieder hier, Mr. Simpson? Und wie kommt es zu meinem Kommissar?

Er trat vor, um zu sagen:

„Entschuldigen Sie, Boss, aber etwas Ernstes hat mich gezwungen, diese Kröte von Schwan allen Überwachungen zu entziehen. Ich musste es tun, wenn ich das Leben dieses Mannes retten wollte, und ich zögerte nicht einen Moment, diese Pflicht zu erfüllen. Wenn ich dies nicht getan habe, ergreifen Sie die Maßnahmen, die Sie für am gerechtesten halten.

„Ich nehme an, dass er seine Gründe gehabt haben muss, wenn er das getan hat, Abel. Erklären Sie sich und ich werde urteilen.

Der Kommissar erklärte, wie er Swan und seinen Arbeitern aus der Ferne bei ihrem Besuch in Abilene gefolgt war und wie er, als der Schmuggler mit seinem Plan, die

Siedler zu überraschen, erfolglos zurückkehrte, rechtzeitig angekommen war, um sie zu verhindern, indem er Leslie auf seiner Reise überraschte ins Dorf, sie hätten ihn umzingelt und wollten ihn ermorden, wenn er nicht rechtzeitig eingriff.

„Sie werden verstehen, dass meine Pflicht darin bestand, zu überprüfen, ob sie ihn getötet hatten oder ob er verwundet war und Hilfe brauchte. Ich entschied mich, ihm zu helfen und musste die Gang entkommen lassen.

„Nun, Abel, ich habe dir nichts vorzuwerfen, denn du hast gehandelt, was deine Verpflichtung war. Dieser Buharro kann irgendwann ausfindig gemacht werden, während ein Verletzter nicht auf verlorenem Boden bluten kann. Ich stimme seinem Verhalten zu und habe nichts dagegen einzuwenden.

„Was ich nicht verstehe, ist, wie Swan seinen Realitätssinn verloren hat und ein so gefährliches Unternehmen in Angriff genommen hat, das ihn nicht nur viele Meilen davon entfernt, den Besitz dieses Landes zu genießen, sondern ihn auch aus der Frage. Law, angeklagt wegen versuchten Mordes.

„Ich glaube, dass er nach den verzweifelten Bemühungen, die er unternommen hat, um meine Kollegen einzuschüchtern und ihre Mietverträge abzureißen, verstanden hat, dass es sinnlos ist, für die Aufrechterhaltung dieses so schlecht erworbenen Privilegs zu kämpfen, und er versucht, sich an jedem zu rächen.

„Die Tatsache, dass ich so günstig eingegriffen habe, um seine Projekte zu untergraben, hat ihn gegen mich verärgert, und als er mich zwischen den Felsen erkannte, wollte er mich beseitigen, möglicherweise mit der Idee, dass ich nicht weiter für die Ungültigkeit der Registrierung kämpfen würde. Ich finde keine andere Erklärung.

"Ihre Abschlussarbeit ist sehr erfolgreich und wenn Sie in diese Rachekarriere eingestiegen sind, seien Sie vorsichtig, überraschen Sie ihn nicht noch einmal unter schlechteren Bedingungen für Sie. Was ich nicht verstehe, ist, wie er sich nicht gegen Adam gewandt hat, der derjenige ist, der es getan hat." steck ihn doch so gut rein.

„Vielleicht weiß er nicht, wohin er gegangen ist und sucht deshalb nach anderen Schuldigen für sein Versagen.

„Es ist möglich, aber mit dem, was Sie gerade begangen haben, müssen Sie von hier verschwinden und auf jedes Recht verzichten, das Ihnen zugute kommen könnte, damit die Gültigkeit der Registrierung anerkannt wird. Ein Gefallen an Sie, denn selbst in dem verzweifelten Fall, dass Adam nicht gefunden wurde, um die Aufhebung der Registrierung zu rechtfertigen, könnte weder Swan Ihr Land legal besiedeln oder auf ein anderes übertragen, weil die Registrierungsstelle angewiesen wird, neue Abtretungen nicht zu ratifizieren.

„Ja, aber das löst die Dinge nur zur Hälfte. Wir werden nicht von einer Räumung bedroht, aber wir werden nicht als rechtmäßige Eigentümer von dem angesehen, was uns sehr gehört. Die Situation wäre sehr unklar.

„Ich verstehe es, aber im Moment gibt es nichts anderes. Hoffen wir, dass Sie später Green erreichen können, der der Schlüssel zu all dem ist.

"Vorerst werde ich den Sheriff von Sterling dringend benachrichtigen, damit Swan, wenn er da ist, ihn verhaften und gut gefesselt schicken kann, und wenn nicht, sehen Sie nach, ob er seine kennt Aufenthaltsort.

Und für dich habe ich gute Nachrichten. Bird ist jetzt außer Gefahr, obwohl er noch zehn oder zwölf Tage im Krankenhaus bleiben muss. Er fühlt sich sehr animiert und fragt nur, wann sie ihn rauslassen, um sich der Suche nach dem Schurken zu widmen, der ihn in den Untergrund schicken wollte.

„Ich halte ihn für jeden Wahnsinn fähig, sich in unseren Augen zu rehabilitieren, aber wir werden es nicht zulassen. Was du nicht kannst, das kann er nicht, und wenn Hilfe benötigt wird, bin ich dafür da. Ich habe gewarnt, dass ich nicht zu Abilene zurückkehren werde, bis ich diese Angelegenheit gelöst habe, und jetzt werden Sie sich wegen meiner Verzögerung nicht unwohl fühlen.

„Gut, Mr. Simpson. Im Moment gibt es nichts zu tun, solange kein Hinweis gefunden wird. Wenn Sie möchten, können Sie ins Krankenhaus gehen, um Ihren Freund zu besuchen und ihn zu beruhigen.

"Ich mache es sofort. Ich interessiere mich sehr für Vogel.

KAPITEL X

Swan verschlang Meilen, um den Ort zu verlassen, an dem sich solche unangenehmen Ereignisse abgespielt hatten, und erreichte Hutchinson zusammen mit seinen drei Bauern, da der vierte unter den Felsen gewesen war, die von Leslies treffsicherem Schuss niedergeschlagen worden waren, und sammelte sie ein und gab ihnen hundert Dollar gegenseitig.

Nehmen Sie dies für jetzt; es mag mehr für dich sein, aber du musst es dir verdienen.

"Wir hatten Pech mit dem Typen, der uns daran gehindert hat, den Buharro zu einem so kritischen Moment zu beenden, und da ich vermute, dass es irgendein Kommissar ist, den der Sheriff in meine Fußstapfen trat, um mich auszuspionieren, sollte ich mich nicht ausstellen." im Moment solange ich nicht weiß, in welche Situation ich mich begeben habe.

„Adam ist schuld an all dem, er hat mich dazu gebracht, mir zehntausend Dollar zu betrügen. Er versicherte mir, dass das Land ihm gehörte, und anscheinend hatte er es diesen Siedlern auf schlechte Weise gestohlen.

„Was Adam in diesem Sinne geschafft hat, ist mir egal, aber es ist mir egal, dass er mich um Ablehnung betrogen hat und mich in eine Situation gebracht hat, die jeden Tag dunkler wird. Ich habe versucht, dieses Geld zu sparen, und die Dinge sind immer schlimmer geworden. Ich weiß, dass wir Kansas für eine Saison verlassen müssen, um in einen anderen Bundesstaat zu ziehen, aber das spielt keine Rolle. Ich werde mit dem gleichen Geschäft fortfahren und Sie werden mir weiterhin dienen wie bisher, damit Sie nichts verlieren. Schließlich wurden wir hier bekannter und anderswo können wir mit weniger Risiko weiter operieren.

„Aber ich möchte nicht verschwinden, ohne zuerst meine Schulden gegenüber Adam zu begleichen. Du kennst ihn gut, du kennst die Orte, an denen er sich früher aufgehalten hat, als er keine Arbeit hatte, und es wird einfacher sein, als dass ich Schritte unternehme, um herauszufinden, wo er gerade laufen kann.

„Mit zehntausend Dollar in der Tasche und mit dem, was er gerne spielte und mit Mädchen aus den Spielhöllen rumhängte, wird er sicher irgendwo hinziehen, wo er diese Launen befriedigen kann.

"Ich würde es vorziehen, wenn Sie ihn entdecken, ohne dass er es herausfindet, aber wenn es nicht möglich ist und er Sie fragt, werden Sie ihm sagen, dass ich noch nichts in Bezug auf das Land getan habe, weil ich mit mehreren Viehpunkten zu tun habe das interessiert mich sehr und darum kann ich mich jetzt nicht kümmern.

„Da ich nicht nach Sterling gehe, falls sie mich dort suchen, werde ich mich eine Zeit lang bei einem Cousin von mir zurückziehen, der einige Felder in Raymond hat. Wer es schafft, Adams Aufenthaltsort zu finden, wird in diese Stadt eilen, um sich über die Entdeckung zu informieren. Du musst nur nach den Kik-Feldern fragen und du wirst mich dort finden.

„Wenn Sie bereit sind, mir in diesem Sinne zu helfen, danke ich Ihnen und werde es im Hinterkopf behalten, und wenn nicht, sagen Sie es bitte, damit ich andere Schritte unternehmen kann, die zu dem gewünschten Ergebnis führen.

Und mit diesem Versprechen von seinen Bauern beeilte sich Swan, Hutchinson zu verlassen, aus Angst, dass der Kommissar schnell zurückkehren könnte, und nachdem er dem Sheriff berichtet hatte, was passiert war, erließ er den endgültigen Befehl, ihn zu verhaften.

Die Befürchtung war berechtigt, da der strenge Sheriff wenig über die Geschehnisse am Ufer des Smoky Hill wusste, hatte er sich beeilt, dringend nach Swan zu suchen und die notwendige Gefangennahme von Adam nicht zu vernachlässigen.

Der Sheriff bezweifelte, dass er leicht zu finden war, da ihn das Verbrechen eines versuchten Mordes belastete, aber Leslie war optimistischer und glaubte, dass er vermutete, dass der elende Peon beobachtet hatte, was mit seinem Opfer passierte, und dass, wenn er gelesen hätte, die Nachricht von seinem Tod, ohne den Mund zum Zeugnis aufmachen zu können, war mit dem Tod des Karawaneners jede Gefahr für ihn gebannt.

Und Leslie irrte sich nicht, denn nachdem Adam erfahren hatte, dass Bird trotz der Wut des Putsches nicht gestorben war, hatte ihn die Angst, dass er ihn beschuldigen würde, gezwungen, nach unwahrscheinlichen Unterkünften zu suchen, bis schließlich ein an diesem Tag er hatte die Nachricht von Birds Tod in Hutchinsons Tagebuch gelesen und an diesem Tag tief durchgeatmet.

Er hatte weder von dem ehemaligen Karawanenfahrer noch von den Behörden zu befürchten; Und was Swan betrifft, so vermutete er, dass er auch keine Hindernisse für die Eingewöhnung in Abilene finden würde, wenn niemand den Deal anfechten würde.

Zu diesem Zeitpunkt verließ er seine komplizierten Unterkünfte und beschloss, den Reichtum zu genießen, von dem er nie träumen konnte, ihn in seinen Taschen zu haben. Er würde mit ihm ein fürstliches Leben führen, und wenn es vorbei war, würde er wieder von vorne beginnen.

Und ohne lange nachzudenken, beschloss er, nach Wichita zu ziehen.

Diese Stadt begann den Ruf zu erlangen, hart und attraktiv für diejenigen zu sein, die wenig zu verlieren und viel zu gewinnen hatten.

Die Routen der Staaten, die zuerst schüchtern in einer großen Mobilitätsleistung durch die Prärien auf Abilene spähten, wurden später bis Dodge City und schließlich, um eine weitere Geschäftsausweitung anstrebend, nach Wichita verlängert.

Und dort waren die Spielhöllen, die Häuser mit schwacher Note, die stinkende und tödliche Umgebung, die bestimmte Wesen brauchten, um frei zu atmen, wie von Zauberhand entstanden, und dort konnte er das Paradies des Lasters finden, von dem er träumte.

Und eines schönen Tages betrat er das neue Viehzentrum auf den Spuren eines Bündels, das als Wegweiser diente, um die turbulente Stadt zu finden.

Wichita war kein Hutchinson, da sie tatsächlich im Einklang mit dem Volumen des Viehs und der damit verbundenen Ausrüstung anschwoll, aber für einen Mann wie Adam, der nur Vergnügen und Laster suchte, wo es angeboten werden konnte, umschloss Wichita den ganzen Charme er könnte sich wünschen.

Die Spielhöllen konnten ohne etwas Besonderes keine Kunden anlocken, und so befanden sich in allen eine Schar unglücklicher Mädchen, die von ihrem traurigen Schicksal in den Schlamm gestürzt und hindurchgerollt waren, sie hatten dieses Vieh erreicht -aufsteigende Hölle.

Adam fand sich dort wohl. Das erste, was er tat, war, sich in einem der Lagerhäuser der Stadt als mächtiger Viehzüchter auszurüsten und später, um zu zeigen, wie er aussah und nicht war, widmete er sich dem Besuch der Spielhöllen auf der Suche nach einem Mädchen, das seinen Geschmack erfüllen würde , um sie zu einem Teil seines Glücks zu machen.

Obwohl er mit einigen Liebe machte, hörte er nicht auf, die Spielhallen zu besuchen, und während der ersten Tage seines Aufenthalts in Wichita lächelte ihn das Glück in jeder Hinsicht an.

Es war ihm gelungen, eines der begehrtesten Mädchen unter den vielen, die sich in diesen Häfen des Lasters abwechselten, zu interessieren, und außerdem hatte er auf dem grünen Teppich Glück gehabt und Gewinne erzielt, die irgendwann das Doppelte seines Geldes erreichten da hatte Hutchinson mitgebracht.

Dieses Glück machte ihn blind und er wurde bald zu einem der bekanntesten Stammgäste in den Spielhöllen.

Er gab ohne Steuern aus, er schmeichelte den Mädchen, die ihm gefielen, mit wertvollen Geschenken oder Geldlieferungen, vertraute nicht auf das, was er mitgebracht hatte, sondern auf das Glück, das ihn bis dahin mit seinen Flügeln berührt hatte. Es schien, als ob er in seiner Blindheit glaubte, dass dieses Manna ewig sein und niemals gebrochen werden würde.

Bis eines guten Tages "schlecht für Adam" einer der von Swan hervorgehobenen Bauern in Wichita auftauchte, um nach dem Hinweis auf seinen alten Bauern zu suchen.

Kluger als die anderen beiden, dachte er, dass ein Mann mit ein paar tausend Dollar und einer Leidenschaft für Glücksspiele und Frauen nur zwei Städte nach seinem Geschmack finden konnte: Topeka oder Wichita, die anfing, das Imperium zu werden. des Lasters. Und er beschloss, zuerst durch die Viehstadt zu gehen. Wenn er Adam dort nicht ausfindig machte, würde er nach Topeka weiterfahren, um ihn sicher zu finden.

Und er hat es am zweiten Tag in der rauen Stadt entdeckt.

Er konnte es nicht vermeiden, den verfolgten Arbeitern die Hände zum Mund zu führen, da sie sich an derselben Tür trafen, als einer eine Spielhölle verließ und der andere eintrat. Adam begrüßte seinen Partner überrascht und sagte:

"Teufel, George...! Gefällt dir hier?

Der Bauer fand schnell eine sehr plausible Begründung.

„Ich bin gestern mit einem Viehtrieb angekommen.

„Von Schwan? fragte Adam besorgt.

"Oh nein...! Swan hat uns alle eine Lizenz erteilt, sobald du gegangen bist. Er hatte ich weiß nicht, was für Schwierigkeiten im Dorf und er sagte uns, dass er vorhatte, ein paar Monate inaktiv zu bleiben. Da wir es nicht konnten tatenlos da, jeder von uns suchte etwas zum Geldverdienen, ich hatte Glück, ich fand hier einen Freund, der auf der Suche nach Bauern war, um hier ein Bündel zu treiben, und ich habe mich mit ihm zusammengetan.

„Schlechter Trip, oder?

Verdammt, aber es gab nichts anderes.

„Und was denkst du jetzt zu tun?

»Gehen Sie mit dem Team nach Hutchinson zurück; wir fahren morgen ab

„Mir ist klar, dass es hier keinen Arbeitsplatz gibt, wenn nicht darin.

„Gut, und was machst du?

„Siehst du, mir ein gutes Leben zu geben.

„Das kann ich sehen. Du kleidest dich wie ein Potentaten.

„Ich hatte Glück beim Spielen.

„Offenbar wurden Sie mit einem Glücksstern geboren.

"Ich kann nicht klagen.

„Planen Sie, noch lange hier zu sein?

„Zumindest solange das Glück mich anlächelt und das Geld reicht. Hier finden Sie, was an vielen Stellen nicht zu finden ist.

„Ich beneide dich, Junge, aber ich, die ich Pech beim Spielen habe, kann nicht danach streben, mir ein Leben wie du zu geben. Ich werde mein Gehalt reservieren, bis ich etwas Produktives finde.

„Nun, das wird Sie nicht davon abhalten, heute Abend mit mir zu Abend zu essen und in einem Joint abzuhängen. Mach dir keine Sorgen um meine Kosten.

„Damit akzeptiere ich.

Adam erlaubte seiner ehemaligen Partnerin, mit der Künstlerin zu tanzen, nicht ohne sie zu warnen, dass er behaupten würde, dass er eine riesige Ranch besitze, die er von einem ihrer Onkel im Osten von Kansas geerbt hatte, wenn sie ihm Fragen zu seinem Leben und seiner Position stellte.

Der Arbeiter machte sich so viele Notizen wie möglich über Adams Gebräuche im Dorf und verabschiedete sich im Morgengrauen von ihm mit der Behauptung, er habe keine andere Wahl, als zu gehen. Adam holte großmütig eine Handvoll Geldscheine heraus und hielt sie ihr hin, indem er sagte:

„Hier, für den Fall, dass Sie für einige Zeit arbeitslos sind. Nehmen Sie sie ohne Skrupel, es hat mich sehr wenig Arbeit gekostet, sie zu gewinnen.

Der Bauer nahm sie an. Später fand er heraus, dass er ihr siebzig Dollar gegeben hatte.

So schnell wie möglich kehrte er nach Hutchinson zurück und machte sich von dort aus auf den Weg zum Rendezvous mit Swan. Er freute sich auf die zweihundert Dollar, die der Händler angeboten hatte.

Als Swan ihn auf den Feldern seiner Verwandten erscheinen sah, funkelten seine Augen vor Freude.

Gute Nachrichten, Georg?

„Genug für dich, um mir das versprochene Geld zu geben. Ich weiß, wo Adam ist und habe mit ihm gesprochen.

"Schlecht gemacht, ich habe dir gesagt, dass ...

„Ich konnte es nicht vermeiden. Wir standen uns gegenüber, als er einen Wichita-Laden betrat und ich ging.

„Also ist er in Wichita?

„Ja, er kleidet sich wie ein Potentaten, wechselt sich in den besten Locations ab, spielt hart und hat sich die Zuneigung einer der attraktivsten Schönheiten der Stadt gesichert.

„Du hast eine gute Zeit, nicht wahr?

„Er sagt, dass er an den Spieltischen viel Geld verdient hat und aufgrund seiner Lebensweise sollte es so sein. Er plant auf unbestimmte Zeit dort zu sein, er übernachtet im „Hotel Kansas" und wechselt sich mit Vorliebe in „The Silver Dollar" ab.

„Hat er dir keine Fragen über mich gestellt oder war er überrascht, dich dort zu sehen?

„Ich sagte ihm, dass Sie uns alle lizensiert haben, weil ich vorhatte, eine Saison lang inaktiv zu bleiben und mich einem Viehtreiber-Team angeschlossen hatte. Ich ließ ihn glauben, ich sei am Vormittag angekommen und würde am nächsten Tag abreisen. Das ist alles.

„Gut, George. Hier sind die zweihundert Dollar und halte Ausschau, wenn ich dich irgendwann brauche. Wenn ich meine Geschäfte mit Adam abkläre, fangen wir von vorne an, auch wenn es an anderen Orten ist. Ich kann nicht untätig bleiben für … lang.

Der Peon verabschiedete sich von ihm, um zu Hutchinson und Swan zurückzukehren, überwältigt von einer dumpfen Wut, die es ihm nicht erlaubte, seine Nerven zu kontrollieren, bereit, nach Wichita zu marschieren, um seinen ehemaligen Bauern zu suchen.

Und da George ihm alle Details gegeben hatte, die er brauchte, um Adam ausfindig zu machen, machte er sich auf, ihn zu jagen, als er es am wenigsten vermuten konnte.

Er stellte sich in der Nähe des Hotels auf, in dem der falsche Potentaten wohnte, und wartete geduldig darauf, dass es in der Nacht hereinbrach. Wenn Adam bis zum Morgengrauen die Spielhöllen besuchte, hoffte er, ihn jeden Moment das Hotel verlassen zu sehen.

Und er sah seine Hoffnungen nicht enttäuscht, denn gegen halb zehn verließ der Ex-Arbeiter einen Meeresarm, verließ das Hotel und rauchte eine prächtige Virginia-Zigarre, um zum "Silver Dollar" zu gehen.

Swan folgte ihm aus einiger Entfernung. Dies war aufgrund der vielen Menschen, die durch die Straßen gingen, nicht der geeignete Zeitpunkt, um sich ihm zu nähern; er würde sich mit Geduld wappnen und warten müssen, bis die Nacht vorüber war, und im Morgengrauen, wenn er die Spielhölle verließ, ihm entgegengehen und die ausstehenden Rechnungen begleichen mussten.

Für den Menschenhändler war es ein qualvolles Warten, das schließlich seine Nerven aus den Fugen brachte. Seine Geduld ließ trotz seiner Bemühungen nach, und nach mehr als einem Moment war er versucht, mit dem Revolver in der Hand in den Joint einzudringen und auf ihn zu schießen.

Aber er konnte trotz allem durchhalten, und als der Morgen nahte und der Platz schon ganz leer war, sah er ihn im Licht der Lampe, die von der oberen Tür hing, an der Tür hervortreten.

Aber mit unendlicher Wut stellte er fest, dass er nicht allein ausging. Er wurde von einem großen, blonden Mädchen begleitet, das in einen weiten Schal gehüllt war, um sich vor der kühlen Morgenluft zu schützen.

Adam bot ihr galant seinen Arm an, um sie zu begleiten, und Swan, der nicht länger widerstehen konnte, sprang aus dem Schatten und stand mit mehreren Schritten vor dem Paar und brüllte:

„Adam, Wolfssohn...! Du wirst. für die Arbeit bezahlen, die du mir geleistet hast!

Adam, der die Gefahr erkannte, ließ den Arm des Mädchens los und legte seine Hand zur Seite, aber spät, weil der Revolver des Händlers zweimal donnerte und der ehemalige Arbeiter seine Waffe fallen ließ, die Hände an die Brust legte und zusammenbrach. am Boden, während sein Gefährte erschrocken hysterisch um Hilfe schrie.

Swan bemerkte entfernte Schritte, die sich näherten, und im Laufen verlor er sich in einer dunklen Gasse und floh, bevor sie ihn aufhalten konnten.

Er glaubte, Adam getötet zu haben und das genügte ihm, aber er war nicht bereit, sich erwischen zu lassen.

Und da er alles flugbereit zurückgelassen hatte, lief er durch verschiedene verlassene Gassen, bis er die Stelle erreichte, an der er sein Pferd fahrbereit zurückgelassen hatte.

Er hatte an einem zu weit entfernten Ort gehandelt, wo ihn niemand kannte und wenn Adam so gestorben war, wie er vermutet hatte, finden Sie heraus, wer ihn getötet hatte.

Es wäre ein weiterer Vorfall von vielen, der sich aufgrund von Rivalitäten in schmutzigen Angelegenheiten ereignete, und sobald die Leiche begraben war, wurde die Akte mit dem hilfreichen Satz "von unbekannter Hand getötet" geschlossen.

Als er sich wieder unter dem Schutz des Besitzes seines Cousins befand, rechtfertigte er seine Abwesenheit damit, dass er gegangen sei, um eine Viehangelegenheit zu lösen, und dass er vorerst vorhabe, eine Ruhezeit zu verbringen. Er würde ein oder zwei Wochen bei seinem Cousin bleiben, und dann würde er eine Reise nach New Mexico unternehmen, um die Atmosphäre zu pulsieren, falls es ihm passte, dort zu bleiben.

Allerdings quälte ihn ein Zweifel wie zuvor Adam, und es war die Ungewissheit, nicht genau zu wissen, ob sein ehemaliger Bauer gestorben war oder nicht.

Aber es würde ihm nicht leicht fallen, dies zu überprüfen. Wichita war zu weit weg und die Nachricht konnte ihn nicht erreichen. Er würde sich damit begnügen müssen, sich zu wünschen, dass die Schüsse effektiv gewesen wären.

Aber wenn Adam sich rettete und ihn anzeigte, erwartete er nicht, dass sich jemand mit zu vielen Nachforschungen beschäftigte, um ihn zu finden. Das Leben eines Mannes wie Adam war wertlos, besonders in Breitengraden wie diesen, und niemand würde sich die Mühe machen, den ganzen Staat zu mobilisieren, um nach ihm zu suchen. Es stimmt, dass er sagen konnte, dass er in Sterling lebte, aber da er nicht in diese Stadt zurückkehren würde, sollten sie ihn so oft suchen lassen, wie sie wollten.

Bei Hutchinson waren die Tage ohne Abwechslung vergangen. Leslie gab das wenige Geld aus, das sie hatte in Erwartung dringender Not beiseite legen können und löste nichts, was die Situation klären würde.

Niemand nannte einen Grund für Adam und von Swan war wieder nichts gehört worden. Es schien, als hätte die Erde sie verschluckt, und doch mussten sie irgendwo nicht weit weg sein, und das Schicksal machte es unmöglich, sie zu finden.

Bird erholte sich schnell. Seine äußerst ernste Wunde war verheilt und er wartete ungeduldig darauf, entlassen zu werden, um sich fieberhaft der Suche nach seinem verräterischen ehemaligen Karawanengefährten hinzugeben.

Bis es dem Sheriff eines Tages gelang, den Faden der Spur, die ihn zu Adam und Swan führen würde, durch die Leitung zu haken, die er am wenigsten vermuten konnte.

Es war anlässlich der Verhaftung von George, Swans Bauern, der gerade aus Wichita eingetroffen war. Nachdem George die zweihundert Dollar vom Dealer erhalten hatte, war er in eine Spielhölle gegangen, hatte sich betrunken, hatte einen heftigen Streit mit einem Rancher, den er mit einer Flasche traf, und einer der Kommissare des Sheriffs hielt ihn auf und brachte ihn ins Büro.

Und dort erkannte ihn der andere Kommissar, der Swan und seinem Team in die Nähe von Abilene gefolgt war, sofort.

Als er dem Sheriff diese Anerkennung zuteilte, unterzog der Mann mit dem Stern den Arbeiter einem rüden und erschöpfenden Verhör, bis er ihn zwang, alles auszusprechen, was er wusste.

Und was er wusste, dass der Sheriff nichts davon wusste, war seine Suche nach Adam, seine Begegnung mit ihm, seine Rückkehr, um Swan Bericht zu erstatten, und die Befriedigung, die Swan ihm für die Nachricht gegeben hatte.

Der Sheriff beeilte sich, den Schmuggler zu finden, aber er war bereits nach Wichita aufgebrochen. Sein Cousin wusste nicht, wohin er gegangen war, aber Swan hatte ihm gesagt, dass er nach einer Woche zurück sein würde.

Im Moment konnte ich nichts tun, wenn ich nicht warten würde; aber er stellte eine diskrete Wache um die Felder von Swans Cousin, um Swan aufzuhalten, sobald er zurückkam. Und schickte sofort ein langes Telegramm an den Sheriff von Wichita, der an der Gefangennahme von Adam und, wenn möglich, von Swan interessiert war, da er mit gutem Grund annahm, dass der Menschenhändler nur mit der Besessenheit in die Viehstadt gegangen war, jemanden verschwinden zu lassen so hatte er ihn getäuscht. Vielleicht glaubte er noch, dass durch das ewige Schweigen von Adams Zunge die Erstregistrierung nicht geklärt werden könne und irgendwann die Rechtmäßigkeit seines Kaufs festgestellt werden könne.

24 Stunden später erhielt der Sheriff die Antwort von Wichita. Der Sheriff der Stadt telegrafierte ihn und sagte:

Ich habe Ihr Telegramm erhalten, und als ich gerade dabei war, die Aufzeichnungen zu überprüfen, haben sich die Ereignisse beschleunigt.

Heute Morgen, als er in Begleitung eines Künstlers einen Joint verließ, erhielt der Mann namens Adam Greene zwei Kugeln in die Brust, die, wenn sie nicht tödlich sein könnten, sein könnten. Wie er aussagen konnte, handelt es sich bei dem Angreifer um einen Menschenhändler aus dieser Umgebung namens Swan. Er lebt in einer Stadt namens Sterling.

Nach seinen Anweisungen habe ich Adam in einem meiner Käfige festgehalten, wo der Arzt kommt, um ihn zu behandeln. Damit ist sichergestellt, dass Sie bei Bedarf innerhalb von acht oder zehn Tagen reisen können, allerdings unter gewissen Vorkehrungen.

Ich warte auf weitere Nachrichten von Ihnen, um fortzufahren.

Leslies Freude war riesig, als der Sheriff merkte, wie viel er wusste. Adam war im Netz, ohne entkommen zu können, und Swan würde es nur wenige Tage dauern, ihn zu erreichen.

„Was hast du vor?", fragte Leslie.

„Das frage ich mich. Ich traue mir nicht, Adam in die Hände meines Partners zu geben, damit er mich dort an jemanden verweisen kann. Es könnte eine Bestechung oder ähnliches geben, wenn Adam, wie er sagt, viel Geld handhabt und ihn am liebsten holen möchte.

„Aber ich habe nur zwei Kommissare. Der eine hält Ausschau nach Swan für den Fall, dass er zurückkehrt, und der andere reicht für eine so lange Fahrt nicht. Ich brauche mehr Leute.

„Das lässt sich beheben. Ich kann Ihren Kommissar begleiten und zusammen mit uns auf Adam aufpassen und ihn hierher bringen.

„Ich nehme an, und da Sie meinem Kommissar anbieten, zu helfen, nehme ich das Angebot an. Nach den Aussagen meines Partners dauert es ungefähr acht Tage, bis ich reisetauglich bin. Wenn ein Karren gemietet wird, um es zu bringen, wird die Reise Sie fast so lange in Anspruch nehmen und Sie kommen nur an, um sich um den Raufbold zu kümmern. In der Zwischenzeit werde ich versuchen, Swan zu fangen, und wenn mir das gelingt, wird die Angelegenheit in kürzester Zeit gelöst.

„Ich für meinen Teil bin bereit zu gehen, wenn du es sagst.

„Sie können es morgens tun. Mein Kommissar kümmert sich um die Organisation der Reise.

„Sehr gut. Ich möchte Sie nur bitten, darauf zu achten, wenn Bird entlassen wird. Passen Sie auf ihn auf, lassen Sie ihn nicht hier weg und versichern Sie ihm, dass in ein paar Tagen alles in Ordnung ist.

„Keine Sorge, ich werde es so machen.

Am nächsten Tag reisten der Sheriff und Leslie mit einem vom Sheriff unterzeichneten Haftbefehl und einem Brief an den Sheriff nach Wichita. Die Angelegenheit wurde gerade gelöst und Leslie hüpfte vor Freude.

Am dritten Tag, nachdem die beiden auf der Suche nach Adam gegangen waren, kehrte Swan auf die Felder seines Cousins zurück. Er war weit davon entfernt zu ahnen, dass es diesmal schlimmer denn je werden würde und dass er gestolpert war, was nicht mehr zu beheben war.

Der Kommissar ließ ihn ankommen, und als er es am wenigsten erwartete, erschien er in der Kabine und überraschte den Händler und seinen Cousin.

Der Kommissar, der Leslie das Leben zwischen den Felsen gerettet hatte, schüchterte ihn ein, indem er sagte:

"Herr. Swan, Sie werden auf Befehl des Sheriffs von Hutchinson festgenommen.

„Ich? Aus welchem Grund?

„Er wird beschuldigt, versucht zu haben, einen Abilene-Siedler zu ermorden.

„Ich? Wer kann diese Absurdität beweisen?

„Ich, der derjenige war, der eingegriffen hat, als Sie und drei Bauern unter Ihrem Kommando versuchten, ihn abzuschießen. Es ist zwecklos, es zu leugnen, denn zusätzlich wird einer der Peones festgenommen, der alles gestanden hat.

Die Zähne des Schmugglers knirschten heftig.

„Das ist eine Falle, und ich werde nicht darauf hereinfallen.

»Das sagt der Sheriff. Hebe deine Arme, damit ich dir den Revolver entziehe und folge mir dann.

Swan zögerte einen Moment, gehorchte aber und als der Kommissar den Kolben der Waffe fasste, versuchte Swan, sein Knie in seine Brust zu rammen, aber der Kommissar, der kein Anfänger war, wölbte seinen Körper rechtzeitig und der Schlag blieb erfolglos. Nicht so, weil ihm ein aufgesetzter beeindruckender Kopfstoß das Wissen vorenthielt.

Und den Körper des Menschenhändlers auf der Schulter tragend, verließ er die Hütte, legte seine Last auf den Rücken des Pferdes und machte sich bereit, in die Stadt zurückzukehren.

Als er dort ankam, hatte Swan das Bewusstsein wiedererlangt, aber mit Handschellen gefesselt, war er machtlos, sich wieder gegen den Kommissar zu wenden.

Der Sheriff kümmerte sich um ihn und zwang ihn, sich vor ihn zu setzen, sagte er:

"Herr. Swan, wenn Leute gierig manövrieren und behaupten, das zu besitzen, was hundert für fünf wert ist, verlieren sie im Allgemeinen alles und damit Freiheit und wer weiß was noch.

„Du. Er glaubte, dass er ein großartiges Geschäft machte, Adam für ein Stück Scheiße zu kaufen, das viel Geld wert war, und als er merkte, dass seine Gier ihn zu einem schlechten Geschäft geführt hatte, gab er sich nicht damit ab, zu verlieren, aber hat sich gegen jeden gewendet und ihn gehänselt. Es hat Sie zu einer Reihe von Handlungen geführt, die Sie teuer zu stehen kommen, da Sie mit Beweisen für zwei Mordversuche angeklagt sind: einen in der Person eines Siedlers aus Abilene und einen weiteren in der Person von Adam, den du in Wichita ausdrücklich gesucht hast, um ihn in die Hölle zu schicken.

"Wenn Sie Ihren Mund verschließen wollten, um nicht erklären zu können, wie Sie mit den beiden Dokumenten, die zur Überprüfung der ersten Aufzeichnung dienten, vorgegangen sind, haben Sie versagt, weil Adam nicht gestorben ist, aber selbst wenn er gestorben wäre, Sie .Ich hätte diese Ländereien nie beanspruchen können, weil es verboten war, sie zu erhalten.

Swan rührte sich wütend.

„Ich wusste nicht, wie sie in seine Hände gekommen waren, denn wenn ich gewusst hätte, dass er ein Verbrechen begangen hat, hätte er sie nicht gekauft.

„Wie auch immer, es wird dir ein Trost sein zu wissen, dass es Adam nicht besser gehen wird. Außerdem belastet ihn ein Vorwurf des versuchten Mordes mit Raub und die Geschworenen werden sich nicht scheuen, ihn zu verurteilen. Ich fürchte, ihr zwei werdet zusammen auf demselben Baum tanzen.

„Ich werde getröstet, wenn ich ihn vor mir tanzen sehe.

„Das wird das Glück entscheiden. Und jetzt, wenn Sie nichts zu Ihren Gunsten zu argumentieren haben, können Sie nur auf das Urteil warten, wenn die Ursache gesehen wird.

„Wenn es soweit ist, werde ich versuchen, mich zu verteidigen.

Der Sheriff sperrte ihn wieder ein und bereitete sich darauf vor, auf die Rückkehr von Leslie und seinem Sheriff zu warten.

Sie kamen ein paar Tage später an und nahmen den, der so viel Leid verursachte, festgebunden in den Karren.

Dan hatte all seine Arroganz und seinen Zynismus verloren. Er erkannte die Falle, in der er steckte, und die Panik, die Folgen zu erleiden, hatte ihn moralisch und materiell in die Knie gezwungen.

Der Sheriff behandelte ihn hart und unterzog ihn einem brutalen Verhör, aber Adam, der glaubte, Bird sei gestorben, als er in der Zeitung las, bestand darauf, sein Verbrechen nicht zu gestehen.

„Ich habe niemanden getötet", brüllte er. Ich fand diese Papiere in einem Umschlag mitten auf der Straße und erkannte, dass sie einen guten Wert hatten, wenn ich mich beeilte, diese Ländereien in meinem Namen zu registrieren. Sie können mich der Veruntreuung beschuldigen, aber nicht eines Verbrechens.

„Glaubst du, man kann dir das nicht vorwerfen?

„Ich fordere Sie auf, Beweise vorzulegen. Mal sehen, wer gesehen hat, wie ich jemanden getötet oder versucht habe, jemanden zu töten und mir das Opfer zu bringen.

„Haben Sie nicht gelesen, dass Ihr Opfer gestorben ist? Wer war Ihrer Meinung nach der Mann, den sie in der Gasse von Los Sauces im Sterben gefunden haben? Wird er leugnen, dass er Victor Bird gekannt hat?

„Ich weiß nicht, wer dieser Vogel ist, ich habe noch nie von ihm gehört. Wenn er die Papiere gehabt und verloren haben sollte, heißt das nicht, dass ich der Urheber seines Todes war. Ich habe die Papiere auf der Straße gefunden. Vielleicht hat derjenige, der ihn bei seiner Flucht getötet hat, sie verloren.

„Ist das dein letztes Wort?

„Ich habe keinen anderen, und ich wiederhole, dass ich Sie herausfordere, zu beweisen, dass ich diesen Mann getötet habe.

„Nun, wir werden sehen, ob es fertig wird.

Und am nächsten Tag, als Bird gerade mit der Entlassung in der Tasche das Krankenhaus verlassen hatte, brachte Leslie ihn zum Büro des Sheriffs. Als Rache für den Krieg, den ihm diese Sache beschert hatte, hatte er eine Überraschungsshow für Adam vorbereitet. Die Überraschung, ihm Bird gegenüberzustehen, von dem der Raufbold glaubte, dass er seine Knochen bereits unter der Erde verrotten ließ.

Er nahm ihn aus dem Käfig und schob ihn in Richtung Büro und sagte sarkastisch:

„Adam, er hat dich demjenigen vorgestellt, der bezeugen kann, dass du versucht hast, ihn in der Gasse von Los Sauces zu ermorden.

Der Raufbold war bleich wie Wachs, als er mit dem ehemaligen Karawanenfahrer konfrontiert wurde, und für einen Moment schien es, als würde er vor dem heftigen Schock zusammenbrechen, aber er reagierte brutal, mit einem unerwarteten Sprung stürzte er sich auf Bird und brüllte:

„Du, verdammt dein Stempel!

Handhabung und alles, es schien, als würde er auf die rekonvaleszente Ex-Karawane fallen und ihn mit dem Gewicht seines Körpers zerquetschen, bevor der Sheriff und Leslie reagierten und ihn auffangen konnten, aber es war nicht notwendig, da Bird in der Größe von seine Wut aktivierte das Bein, als der Raufbold auf ihn sprang und die Sohle seines harten Stiefels mit solcher Wucht an sein Gesicht schlug, dass er ihn rückwärts gegen die Haustür schleuderte.

Adam fiel zu Boden und blutete dramatisch aus Mund und Nase, und es war Bird, der gehalten werden musste, als er versuchte, sich auf seinen Feind zu stürzen, um ihn mit seinen Krallen zu zerstören.

Sie zerrten Adams angeschlagenen Körper und trugen ihn zurück in den Käfig, während Leslie versuchte, ihren Partner zu beruhigen. Der Test war für beide in gewisser Hinsicht zu hart gewesen, aber genug, um keine weitere Konfrontation zu benötigen.

Die Sache war in jeder Hinsicht klar genug. Adam hatte gestanden, das Land unsachgemäß abgesucht zu haben, obwohl er den Raub und den versuchten Mord bestritt. Jetzt, entlarvt, konnte er nicht länger leugnen, und die Richter würden, wenn der Fall verhandelt wurde, die Registrierung von Adam und Swan annullieren und sie ihren wahren Besitzern zusprechen.

Leslies Hartnäckigkeit hatte endlich das Gerechte erreicht.

KAPITEL XI

MUTTER ERDE

Zwei Tage später, nachdem sie den entsprechenden Bericht gegen Adam und Swan überprüft und den Fall den zuständigen Behörden vorgelegt hatten, damit sie die Anhörung des Falls signalisieren konnten, beschlossen Leslie und Bird, in die Stadt zurückzukehren.

Sie konnten die Rückkehr nicht länger hinauszögern. In Abilene würden sie von ihrem Schicksal heimgesucht werden, da sie zu viele Tage von zu Hause weg waren und der Prozess noch mindestens drei oder vier Wochen dauern würde, wurde die Rückführung verhängt.

Aber der Sheriff beruhigte sie in Bezug auf die Zukunft. Die Sache war so klar, dass bei einer Verurteilung gegen die beiden Raufbolde eine weitere erlassen würde, die die Eintragung annullierte und anordnete, sie an ihre wahren Besitzer zu vergeben.

Leslie versprach jedoch, nach einem Monat zurückzukehren.

In der Zwischenzeit würde er sich um ihre Interessen kümmern und gleichzeitig in hundert Heimen, in denen damals Unruhe herrschte, Freude und Ruhe bringen.

Während der Reise erklärte Bird zerknirscht:

„Ich schäme mich, mich unseren Kollegen vorzustellen. Ich war dumm und zutraulich, und meinetwegen waren sie alle dem Verlust ihres Eigentums ausgesetzt. Ich bezweifle, dass sie mir verzeihen werden.

„Sei nicht wählerisch", antwortete Leslie. Sie wissen, dass Sie ein anständiger Mann sind und dass alles eine Chance war. Ich kann Ihnen versichern, dass sie um Ihr Leben genauso besorgt waren wie um Ihr Eigentum.

„Gott bezahle euch alle, Leslie, und euch ganz besonders, die ihr Leben riskiert habt, um zusammenzustellen, was ich so dumm vermasselt habe.

„Du kannst nicht zu gut sein, weil du so dumm wirst, dass du denkst, dass andere genauso gut sind wie du.

„Du hast Recht, Leslie. Wir Menschen wissen nicht, wie wir dankbar genug sein können für das, was uns die Erde schenkt. Wir möchten die Früchte, aber vermeiden, auf dem Boden zu schwitzen, um sie zu erhalten. Wenn es nicht die ganze Schar harter Männer gäbe, die bereit sind, die Unannehmlichkeiten des Wetters zu ertragen, würden wir sehen, ob andere unsere Bemühungen zu schätzen wissen.

Mit diesen bitteren Abhandlungen gelangte das Paar in die Nähe der Stadt. Nie zuvor hatten sie solche Emotionen verspürt, vielleicht weil sie sich bis dahin wie Leihgaben gefühlt hatten und sich jetzt als absolute Eigentümer von allem, was ihr Leben und ihr Zuhause ausmachte, wussten.

Die fortgeschritteneren Siedler begannen, als sie den langsam rollenden Wagen sahen, die Nachricht von der Ankunft der beiden Männer zu verbreiten, und bald wurde die Arbeit aufgegeben, und alle strömten ihnen mit dem Eifer entgegen, der sich in ihren Gesichtern spiegelte.

Sie hatten von allen Wechselfällen, die die beiden Kolonisten in Hutchinson erlitten hatten, völlige Unwissenheit gehabt, und sie waren überwältigt von dem Zweifel, was mit der Herrschaft über ihr Land hätte passieren können.

Jeder umringte die beiden Helden des Abenteuers, belästigte sie mit Fragen und Leslie, um sie zu beruhigen, rief:

„Einen Moment, Gefährten. Ihr werdet alles zu gegebener Zeit und in der richtigen Reihenfolge wissen, aber um eure Bedenken zu beruhigen, gehe ich davon aus, dass diese Angelegenheit gelöst ist Sie werden in Kürze verurteilt und verurteilt, und wenn dies geschieht, werden die Richter die Ungültigkeit dieses Protokolls feststellen und anordnen, dass es auf unseren Namen ausgestellt wird.

„Also beruhigen Sie sich alle und belästigen uns nicht mehr als nötig. Wir haben anstrengende Tage mit intensiven Prozeduren verbracht, ich musste eine sehr schwere Reise nach Wichita machen, um mich um den Raufbold zu kümmern, der Bird verletzt und unsere Dokumente gestohlen hat, und jetzt hatten wir auch einen harten Tag bis hierher. Lassen Sie uns Kraft tanken und dann wissen Sie alles mit der größten Datenmenge.

Ein Hurra! begrüßte lautstark Leslies Worte. Viele umarmten ihn aufgeregt, andere sprangen vor Freude auf und einige nahmen Bird in ihre Arme und trugen ihn zu den Feldern, trugen ihn mit der natürlichen Emotion des alten Karawanenfahrers auf ihren Schultern.

Als die große Menge Siedler, die den Wagen umgaben, sich auflöste, konnte Leslie ihn verlassen. Ein kurzes Stück entfernt wartete Margaret mit Freudentränen in den Augen auf den Moment, um sich ihrem Verlobten zu nähern, und er ging auf sie zu, öffnete seine Arme, um sie zu empfangen, und rief:

„Margaret...!

Einige Minuten lang waren sie angespannt und hielten sich fieberhaft. Keiner von ihnen konnte sprechen, und es war Leslie, die zuerst ihre Fassung wiedererlangte und sagte:

„Nun, Margaret, ich nehme an, Ihre Nerven haben sich inzwischen beruhigt und alle Ihre Sorgen sind gestorben.

„Ja, Liebes, jetzt ja, aber bis jetzt … wie viele Nächte der Angst, der Angst, der Unsicherheit habe ich damit verbracht, darüber nachzudenken, was mit dir hätte passieren können! Es ist fast drei Wochen Abwesenheit her, dass ich sie meinem schlimmsten Feind nicht wünsche.

Wenig später gab der Siedler einen getreuen Bericht über alles, was passiert war, und erklärte, wie durch reinen Zufall, als einer von Swans Bauern verhaftet wurde, sein Aufenthaltsort und seine Leistung, nach Wichita zu ziehen, um Swan zu erschießen, entdeckt worden war. sein alter Bauer.

Margaret hatte ihm sehnsüchtig zugehört, und als sie ihre Geschichte beendet hatte, sagte sie:

„Glaubst du, dass … sie diese Registrierung wirklich annullieren und auf unseren Namen setzen?

„Ich habe keinen Zweifel, mein Lieber. Der Sheriff versicherte mir förmlich und es liegt auf der Hand. Da Adam zugeben muss, dass er versucht hat, Bird zu töten, nur um die Papiere zu beschlagnahmen und das Land in seinem Namen zu registrieren, ist dies ein Beweis dafür, dass er uns gehört und die Richter werden das entsprechende Urteil fällen.

„Andererseits habe ich aktenkundig gemacht, dass Adam Bird mehr als achthundert Dollar gestohlen hat, die er in seiner Tasche hatte, um einige Einkäufe zu tätigen, und da sie Adam in seiner Tasche fast siebentausend gefunden haben, werden sie sie uns zurückgeben und vielleicht mehr als Entschädigung für den erlittenen Schaden.

„Alles, wie Sie sehen können, ist gelöst, und es besteht keine Angst, dass sich die Angelegenheit wiederholen wird. Nachdem ich Sie nun umfassend informiert habe, gestatten Sie mir, einen Blick auf meine Ländereien zu werfen. Ich war fast anderthalb Monate von hier weg, ohne mich um meine Interessen zu kümmern, und das beunruhigt mich jetzt.

„Nun folge mir und hör auf, dir Sorgen zu machen. Sie werden sehen, dass Ihre Ernten genauso in Ordnung sind wie die der anderen. Wir alle haben unsere Bemühungen dazu beigetragen, uns wie unsere eigenen um sie zu kümmern, und Sie müssen niemanden für eine Verlassenheit verantwortlich machen, die es nicht gegeben hat. Kommen.

Er nahm sie am Arm und sie gingen zu Leslie hinüber, wo er sein Grundstück hielt.

Daneben war ein Hügel, und als sie seine kleine Spitze bekamen, sahen sie sich um.

Es war Nachmittag, die Sonne des bereits kommenden Sommers schien mit Kraft, Pracht, und wo die Landschaft bedeckt war, waren nur Wellen von Blondinen und überwachsenen Ohren zu sehen, die schon in der Saison nur auf die Schneide der Sichel die Ernte geerntet werden.

Leslie mit Tränen in den Augen und von einer intensiven Emotion beherrscht, packte seine Verlobte an der Taille und kommentierte:

„Ist das nicht wunderschön, was wir sehen, Margaret?

„Natürlich ist es das, Liebes.

„Ja, es ist schön und aufregend. Vielleicht hat die Betrachtung dessen, was uns umgibt, für viele keine große Bedeutung. Viele werden es mit gleichgültigen Augen betrachten, als etwas Natürliches und oft gesehenes, aber nicht wir. Wir müssen es mit anderen Augen bewundern, denn es ist unsere Arbeit, das Produkt von Anstrengung, etwas, das viel von unserem Saft in seinen Eingeweiden trägt, der in muskulöser Anstrengung auf Mutter Erde vergossen wurde, damit er zum Wohle aller Früchte trägt.

„Ich wurde als Kolonist geboren, weil Gott es so wollte und ich habe mich nie über diese harte und anstrengende Neigung beschwert. Alles, was geschaffen wird, hat seine Schönheit und das hat es auch, obwohl viele es nicht zu verstehen wissen.

Aus diesem Grund habe ich oft in bevölkerten Städten, in denen der Herzschlag der Erde nicht pulsiert, weil er weit davon entfernt ist, gesehen, wie sich die Menschen mit einem Ingenieur, einem Architekten oder einem anderen Wissenschaftler und uns wohl gefühlt haben hat uns gleichgültig behandelt, höchstens gesagt: Bah, ein Bauer! Ich habe mich verletzt und empört gefühlt.

„Niemand hat aufgehört, darüber nachzudenken, wie wichtig derjenige ist, der eine Brücke zieht oder ein großes Gebäude errichtet, wie derjenige, der nach viel Schweiß und Qual seine Früchte aus der Erde pflückt. Wir sind alle Gläubiger von etwas und verdienen die gleiche Behandlung und den gleichen Respekt.

„Erst als die großen Katastrophen die Ländereien verwüstet, die Ernte vernichtet und die Artikel, die wir ihnen anbieten, mit unserem Schweiß reduziert haben, wurden sie bewegt, aber nicht von uns, die wir uns selbst in Schutt und Asche sahen, sondern weil für die anderen Mangel an Weizen oder Mehl. Erst dann haben sie ein wenig davon begriffen, was Mutter Erde für die Menschheit bedeutet, auch wenn sie ignorierten, was diese gewaltigen Katastrophen für uns hätten bedeuten können.

„Aber es spielt keine Rolle, Margaret; wir leben in unserer kleinen welt und sind glücklich darin. Für uns ist Mutter Erde alles. Wir wissen zu schätzen, was wir von ihr verlangen und was sie uns gibt, und wenn sie uns genug zum Leben gibt, sind wir ihr dankbar und verwöhnen sie für das, was sie ist: unsere materielle Mutter.

„Siehst du die riesige Ernte, die uns dieses Jahr als Gegenleistung für unsere Bemühungen beschert? Denn sie ist unser Glück, unser Zuhause, Gottes Segen für unsere Liebe und unsere Ruhe. Ich weiß, dass in diesen Tagen die Eisenbahn ihren

Betrieb aufnehmen wird und dass wir damit das gesamte gelagerte Getreide und das, das wir sammeln werden, entsorgen können. Wir werden es verkaufen, wir werden Geld haben, um das zu vervollständigen, was uns fehlt, und die Stadt wird wachsen, gedeihen und Dinge haben, die sehr notwendig sind, und wir werden sicherstellen, dass sie nicht fehlen.

„Es wird eine Kirche geben, eine Schule für die Jungen, ein kleines Casino für unsere bescheidenen und familiären Gesellschaften; Und eines Tages wird dieses aus dem Nichts geborene Volk, weil eine Handvoll harter Männer guten Willens es so gewollt haben, Teil der Geographie der Nation werden und auf Karten als etwas Greifbares markiert sein. An diesem Tag werden wir alle stolz darauf sein, denn jeder von uns hat sein Weizenkorn „nie besser angewendet den Satz" gesetzt, damit der Wunsch Wirklichkeit wird.

„Und alles verdanken wir der Mutter Erde, die hier auf uns wartete, um die Liebkosung unserer rauen Hände zu empfangen, uns die Früchte anzubieten, die sie in ihren Eingeweiden hielt und die niemand gesammelt hatte.

„Ja, Leslie, wir werden es ihr und unseren Bemühungen schuldig sein.

„Fair, aber der Aufwand muss dort eingesetzt werden, wo er sich auszahlt. In den Sand zu säen ist nicht rentabel, es muss hier getan werden, wo Mutter Erde diesen Aufwand kompensieren kann.

„Und jetzt erzähle ich dir etwas, das dich sehr glücklich machen wird. Ich habe versprochen, in einem Monat nach Hutchinson zurückzukehren, an diesem Tag wird der Prozess gesehen und alles wird geklärt. Um dies zu überprüfen, um sicherzustellen, dass die Registrierung in unserem Namen legalisiert wurde, werde ich zurückkehren, aber die Reise etwas verzögern. Zuerst ernten wir die Ernte und dann ... Ich werde den Wagen mit Weizen beladen und du und dein Vater werden mit mir kommen.

"Wir werden den Weizen dort verkaufen, mit dem, was sie uns geben, werden wir kaufen, was wir brauchen, um uns so zu kleiden, wie es Gott vorgesehen hat, und direkt dort zu heiraten, ohne darauf warten zu müssen, dass die Kirche hier aufsteht und wer auch immer kommen kann. Wir werden verheiratet zurückkehren und nichts wird das Glück stören, das wir mit so viel Schweiß verdient haben.

Sie sprang auf seinen Hals und drückte ihm einen leidenschaftlichen Kuss auf den Mund, als sie sagte:

„So will ich es, denn so willst du es. Gesegnet bist du, Leslie!

„Und gesegnet sei das Land, das uns die Möglichkeit gegeben hat, so glücklich zu sein, wie wir es uns erträumt haben.

Und dort oben auf der kleinen Kuppe des Hügels, beide eng umschlungen, lächelten sie glücklich, während der Wind den Stachelteppich wiegte, der sie zu begrüßen schien, als sie sich über die Erde beugten und der Fluss murmelnd dahinglitt, wer weiß welche Sätze… Liebe und Glück für das leidenschaftliche Brautpaar.

ENDE

9 798201 682255